Gabriela Leonhardt

Geh deinen Weg

Essenzen aus meinem ganz persönlichen Tagebuch

Gabriela Leonhardt

Geh deinen Weg

Essenzen aus meinem ganz persönlichen Tagebuch

© 2016 Gabriela Leonhardt, 3. Auflage 2018

Titelbild: Gabriela Leonhardt

Lektorat und Satz: Marc Lindor

Umschlaggestaltung: Gabriela Leonhardt

Herstellung und Verlag: BoD – Books on Demand, Norderstedt

Inhaltsverzeichnis

Kindheit
Hansi und der Hochstädter Berg

Als ich ein Kind war, gingen wir oft auf den Hochstädter Berg. Mal Spazieren, mal Rodeln oder zum Drachensteigen. Eines Tages traf ich dort auf eine Hasenfamilie, die ich stundenlang beobachtete. Ich spielte mit den Hasenkindern Fangen, und dann verliebte ich mich in einen kleinen Hasenjungen – und dieser sich wohl auch in mich. Als wir uns auf den Heimweg machten, wollte er bei mir bleiben.

Da wir bei meinen Großeltern lebten und diese viel Platz und auch einen Hühnerstall hatten, durfte ich ihn behalten. Er wurde im Hühnerstall untergebracht, und ich taufte ihn auf den Namen Hansi. Der Hase wurde zahm wie ein Hund und folgte mir auf Schritt und Tritt. Hansi hatte nur eine Macke, er wollte unbedingt die Hühner decken.

Ich hatte in meiner Kindheit meinem Kopf voller Schubladen. Jede fein geordnet mit Menschen, Tieren, Liedern, Reimen usw. Alles war schön verstaut. Ein tolles System. Ich konnte jederzeit eine Schublade öffnen und hatte damit immer eine Lösung für ein Problem parat.

Mit drei Jahren bekam ich Meningitis. Ich war vier Wochen im Krankenhaus. Besuch bekam ich nur hinter der Glaswand. Mein Leben hing an einem seidenen Faden. Damals hatte man nur sehr wenige Menschen mit dieser Krankheit durchgebracht. Bei mir war alles Erlernte wie fortgewischt, meine Schubladen leer. Ich musste noch einmal ganz von vorne anfangen.

Jetzt hatte die Verwandtschaft endlich einen Grund für Hansis Ende gefunden. Er hätte mich angeblich krank gemacht. Als ich wieder nach Hause durfte, stand eines Tages ein großer Braten auf dem Tisch. Alle aßen, außer mir. Ich hatte den Braten gerochen, im wahrsten Sinne des Wortes. Ich weigerte mich, von meinem Hansi zu essen. Und den Erwachsenen habe ich zum Teil auch ordentlich den Appetit verdorben. Aber davon wurde er leider auch nicht wieder lebendig.

Jahre später erzählte mir meine Mutter, dass meine Nichte Jenny ihr die Sache mit den Schubladen erklärt hat. Plötzlich füllten sich meine Schubladen wieder mit den mir noch fehlenden Erinnerungen aus meiner Kindheit.

Mein Opa, die graue Blechmülltonne und ich

Im Jahre 1966 musste ich meine Sommerferien bei den Großeltern in Bischofsheim verbringen. Diesmal hatte es einen besonderen Grund. Ich sollte ein Geschwisterchen bekommen. Erst war ich sehr traurig und hatte Heimweh. Nachdem ich mich aber etwas eingewöhnt hatte, fing es an Spaß zu machen. Mein Tag verlief etwa so: Einkaufen im Tante-Emma-Laden, mit Geld genau auf den Pfennig abgezählt, Oma beim Kochen und Abspülen helfen, Flaschen für Pfandgeld wegbringen.

Oma war sehr streng, aber gerecht. Hallo, bei neun Kindern, dreiundzwanzig Enkeln und zwei Urenkeln ging das wohl nicht anders! Sie hatte auch immer einen Spruch parat:

„Das Geld liegt auf der Straße, man braucht es nur aufzuheben." oder „Wer den Pfennig nicht ehrt, ist des Talers nicht wert."

Zum Baden gab es sehr wenig Wasser. Wenn ich Oma fragte, warum nur so wenig, war die knappe Antwort, weil man Wasser nicht vergeudet. Wenn man auf die Toilette wollte, musste man raus in den Hof, zum Abputzen nahm man dort Zeitungspapier. Ich kam mir vor wie auf einem anderen Stern. Fernsehen gab es dort auch noch nicht, und Freunde zum Spielen hatte ich leider keine. Aber ich durfte Oma ja beim Kochen helfen. Sie erklärte mir genau, wie man Eierpfannkuchen macht, und ich durfte die Eier im Hühnerstall aufsammeln, das Mehl sieben und die Milch einrühren. Ich spielte auch gerne auf dem Dach des Hühnerstalls mit der Nachbarkatze. Oft saß sie auf meinem Schoß. Eines Tages rief Oma schon zum dritten Mal „Mittagessen". Ich bat die Katze mehrfach aufzustehen, doch sie tat mir den Gefallen nicht. Da stand ich einfach auf, und sie rutschte an meinen nackten Beinen mit ausgefahrenen Krallen herunter. Es brannte höllisch, aber ich war auch irgendwie selbst schuld.

Jedes Mal, wenn ich bei Oma war, schickte sie mich zum Metzger, um Fleischwurst zu holen. Sie wurde extra für mich warm gemacht, dazu wurde Brot gereicht. Das war Tradition, das gab es immer, wenn ich zu Besuch war. Seit dieser Zeit esse ich keine warme Fleischwurst mehr; ich kann sie noch nicht einmal riechen, ohne dass mir übel wird.

Als Opa auf der Arbeit war, wollte ich ihm eine Freude machen. Im Hof stand eine hässliche, graue Blechmülltonne, und da noch weißer Kalk vom Weißen der Stallwände übrig war, kam ich auf die tolle Idee, der grauen Tonne einen schönen, weißen Anstrich zu gönnen. Nachdem das Werk vollendet war und Opa endlich von der Arbeit nach Hause kam, sollte er es sogleich bewundern. Ich fasste ihn am Rockzipfel und rief: „Opa, Opa, ich habe eine ganz tolle Überraschung für dich." Voller Stolz führte ich ihn zu dem Kunstwerk. Aber oh Schreck, es gefiel ihm ganz und gar nicht. So wütend hatte ich ihn noch nie erlebt, er drohte mir sogar Schläge an.

Später hat sich Opa dann doch noch gefreut, dass ich die alte Tonne so kunstvoll gestrichen hatte. Wir haben sie drei Tage später wieder abgewaschen, der Müllabfuhr war das so schon lieber. Heute steht eine solche Tonne in Naturgrau in unserem Garten, und viele Jahre lang hatten wir sie an den Geburtstagen unserer Kinder benutzt.

Opas Tod liegt nun schon fünfundzwanzig Jahre zurück. Wir werden im Laufe des Jahres das Grab mit dem rotgrauen Marmor und den weißen Kieselsteinen räumen lassen. Für die nächsten Gäste, die noch auf Erden wandeln.

Die Gans Agathe

Als mein Vater von der Arbeit nach Hause fuhr, krachte es zwei Autos vor ihm. Eine blaue Ente, aus Richtung Gut Neuhof kommend, hatte einem roten Opel Rekord die Vorfahrt genommen.

Es stellte sich heraus, dass der Fahrer der blauen Ente eine Gänsefamilie platt gefahren hatte. Mein Vater fuhr langsam wieder an und entdeckte plötzlich am Fahrbahnrand ein kleines Gänseküken. Er stieg aus dem Auto, setzte das Küken in einen leeren Pappkarton und nahm es mit nach Hause. Für uns drei Kinder war das eine tolle Überraschung. Mein Bruder hatte die Idee, dem Küken den Namen Agathe zu geben. Meine Schwester erkundigte sich beim Bauern Fink, was so eine kleine Gans am liebsten frisst. Das waren eingeweichtes altes Brot, gekochte Kartoffeln und Weichfutter. Ich baute auf dem Balkon einen Stall für unsere Agathe und legte ihn mit Heu aus.

Jetzt hatten wir endlich ein Haustier. Aber leider ging es nicht lange gut, denn das kleine Gänseküken roch fürchterlich und machte auch nicht wenig Krach. Die Nachbarn beschwerten sich, und wir mussten uns nach drei Monaten schweren Herzens von unserem Gänsekind trennen.

Zum Glück hatte Bauer Fink noch sehr viel Platz auf seinem Hof. Wir durften Agathe bei ihm abgeben, und er versprach uns, die zahme Gans als Haustier zu behalten – was wir natürlich wöchentlich überprüften. Es stellte sich heraus, dass unsere Gans ein vorzüglicher Ganter war, und sooft wir Agathe besuchten, war der Bauer sehr zufrieden mit seinem neuen Familienzuwachs; er landete zum Glück nie im Topf. Unser Wachgänserich Agathe erreichte ein stattliches Alter von fünfzehn Jahren, dann nahm er ein fast natürliches Ende. Was im Klartext heißt: Fuchs, du hast die Gans gestohlen.

Der Goldregenbaum

Als mein Vater bei der Firma Zimmer arbeitete, bekamen wir eine Betriebswohnung. Direkt vor meinem Zimmer wuchs ein großer Goldregenbaum, welcher wunderschön anzuschauen war.

Die Kinder im Haus nannten mich Bohnenstange, weil ich etwas dünn geraten war. In dem Haus wohnten auch zwei Jungs. Der Jüngste war mein bester Freund, der andere war so alt wie ich, nur zweimal so dick. Wenn wir kämpften, kam es vor, dass ich zu ihm sagte: „Wenn du mich nicht besiegen kannst, brauchst du dich nur auf mich zu legen, und ich bin so platt wie ein Pfannkuchen." Sein kleiner Bruder hatte ein blaues und ein grünes Auge, das Grüne ähnelte mit den braunen Punkten sehr einem Katzenauge.

Eines Tages spielte ich mit diesem Jungen und kochte die Bohnen des Goldregenbaums auf meinem Kinderherd. Als das Essen fertig war, fütterte ich ihn mit den zartesten Böhnchen.

Am nächsten Tag rief seine Mutter bei uns an. Sie hatte ihren Sohn in die Notaufnahme bringen müssen. Ihm musste der Magen ausgepumpt werden, weil er etwas Giftiges gegessen hatte. Sofort stellte sie mich zur Rede, fragte, was ich dem armen Buben zu essen gegeben hatte. Es stellte sich heraus, dass es die Böhnchen vom Goldregenbaum waren, die zu der Vergiftung geführt hatten. Ich musste ihr versprechen, nie wieder mit diesen Bohnen zu spielen. Leider nahm der Junge Jahre später Drogen, und in mir ist immer noch die Angst, dass ich ihn mit meinen kleinen Böhnchen auf diesen Weg gebracht haben könnte.

Der Ausflug mit dem fremden Kindergarten

Eines Tages erzählte mir die Oma meines Mannes folgende Geschichte aus seiner Kindheit:

Im Sommer fuhr Jonas Familie immer in den Urlaub, entweder in die Berge oder ans Meer. Dieses Mal stand wieder das Meer auf dem Programm. Jeder der Vier durfte sein liebstes Stück mitnehmen, falls es nicht zu groß ausfiel. Bei Jonas war es kein Problem, er nahm ja nur seinen Teddy Anton samt seinem Kuschelkissen mit. Sein Bruder wollte unbedingt sein Rutscheauto mitnehmen. Das war schon schwieriger, aber nicht unmöglich. Dafür musste er eben die anderen Sachen zu Hause lassen. Der Mutter war ihr Schmuck so wichtig, dass er unbedingt dabei sein musste. Der Vater wollte nur eine Pfeife und Tabak als kleines Extra. Sie packten also Kleidung, Essen, Getränke, Sandspielzeug, Zelt, Luftmatratzen, Blasebalg, und so weiter, in ihren eierschalenfarbenen VW-Käfer. So eine blöde Farbe konnte auch nur ihr Vater aussuchen. Wie peinlich.

Jonas und sein kleiner Bruder nahmen auf dem Rücksitz Platz. Na ja, Platz ist wohl etwas übertrieben, sie quetschten sich zwischen Kühltasche, Getränke, Schlafsack und den belegten Brötchen.

Ab ging es nach Bella Italia. Nach sechzehn Stunden Fahrt – bei einer Reisegeschwindigkeit von ca. achtzig Stundenkilometern –, die Jonas wie eine Ewigkeit erschienen, kamen sie endlich auf dem Campingplatz in Lido di Jesolo an. Jetzt hieß es Zelt aufstellen, Luftmatratzen aufpumpen, wohnlich einrichten und ab zum Meer. Nachdem sie dieses ausführlich begrüßt hatten, bekamen sie mächtigen Hunger. Also mussten sie einkaufen gehen. Sie zogen sich wieder an und fuhren mit dem Käfer nach Cavallino, dem nächsten Ort. Die Mutter machte die Lebensmittelgeschäfte unsicher, Jonas' Bruder ging mit dem Vater eine neue Pfeife aussuchen – er hatte schon bereut, nur die eine mitgenommen zu haben – und Jonas, der war wohl vergessen worden. Aber da waren ein Spielplatz mit einer großen, blauen Rutsche und jede Menge Kinder, alle so braun gebrannt wie er. Dort musste er unbedingt hin. Also gesellte er sich zu den Jungs. Sich zu unterhalten war gar nicht so einfach ohne italienische Sprachkenntnisse, nur so mit Händen und

Füßen, aber irgendwie konnten sie sich doch verständigen. Ein Junge, der Jonas auf den ersten Blick sympathisch war, hieß Pietro. Sie spielten den ganzen Nachmittag in völliger Eintracht miteinander Fangen. Sie schaukelten und rutschten. Ihnen fiel gar nicht mehr auf, dass sie nicht die gleiche Sprache sprachen. Auf einmal ertönte ein schrilles Pfeifen. Eine Kindergärtnerin sammelte ihre Schäfchen wieder ein, Jonas gleich mit. Oh Backe, wo war er da bloß gelandet? Er versuchte ihr verzweifelt, flehend und schließlich weinend begreiflich zu machen, dass er keineswegs zu ihrem Kindergarten gehörte, aber da er so ein kleiner Schwarzhaariger mit dichten Locken und großen, dunkelbraunen Augen war, glaubte sie ihm nicht. Sie schob ihn in den Garten des italienischen Kindergartens.

Nach etwa zwei Stunden ging auf einmal seine Mutter nach ihm suchend am Kindergarten vorbei. Jonas schrie aus Leibeskräften. Und zum Glück entdeckte sie ihn auch gleich. Nachdem sie einen Dolmetscher besorgt hatte, der der Kindergärtnerin auf Italienisch alles erklärte, durfte er endlich mit seiner Mutter diesen „unheimlichen Ort" verlassen. Auf den Schreck gönnten sie sich den ersten Eisbecher. Auch wenn sie sich zu Hause oft stritten, jetzt waren sie glücklich, wieder beisammen zu sein. Nun konnte ihr Urlaub beginnen.

Die Amsel

Als mein Bruder drei Jahre alt war, spielte er alleine im Hof. Da lag im Gebüsch auf dem Rasen eine Amsel mit zerzausten Federn und offenen Augen auf dem Rücken. Er lief hoch zur Mutter und bat um Watte und ein blaues Stofftaschentuch.

Vorsichtig, um die Amsel ja nicht zu verletzen, legte er sie auf das selbst gemachte blaue Wattebett, trug sie hinunter in den Keller und öffnete vorsichtig die kleine Eisentür im Kaminschacht. Behutsam legte er die Amsel mit ihrem Bett ins Warme. Er hoffte, dass sie sich mit etwas Wärme wieder erholen würde.

Meine Mutter wunderte sich, dass der Bub ständig im Keller verschwand und sprach ihn darauf an. Er sagte: „Mama, ich habe ein großes Geheimnis." Dann führte er sie an der Hand zu der Amsel im Kaminschacht. „Mama schau' mal, die friert so und ist krank, sie hat die Augen die ganze Zeit auf. Wir müssen sie nur wärmen, dann wird sie ganz schnell wieder gesund." Mutter machte große Augen und antwortete: „Junge, die ist doch mausetot." Mein Bruder schrie und wollte es nicht glauben.

Er hatte ja auch noch nie die Bekanntschaft mit Gevatter Tod gemacht. Mutter und ich redeten stundenlang auf ihn ein, bis er endlich verstand, dass da nichts mehr zu machen war. Dann erklärte er sich bereit, die tote Amsel mit uns gemeinsam im Feld zu begraben.

Onkel Manis Flieger in meinem Schienbein

Früher, als Mama, Papa, mein kleiner Bruder und ich noch in unserer gemütlichen Dreizimmerwohnung lebten, fuhr Papa samstagmorgens immer zum Modellflugzeugfliegen nach Rembrücken. Ich durfte oder musste je nachdem wie ich drauf war, fast jedes Mal mit. Wenn ich Glück hatte, war Ralf auch da. Dann gingen wir zum Bach, fingen Frösche, Eidechsen, Salamander, Heuschrecken und manchmal sogar eine Blindschleiche. Nach dem Zählen der Tiere wurden die natürlich gleich wieder in die Freiheit entlassen.

Nach unserem Rundgang sahen wir den Vätern beim Starten und Landen der Flugzeuge zu. Wenn mal eines abgestürzt war, rannten wir los, um die Reste des Wracks zu finden. Bei manchen Spezialisten geschah das jedes Wochenende. Andere hatten mehr Glück und der Flieger hielt jahrelang.

An einem Sonntag im Mai 1969 waren Mani und sein Sohn Ralf schon auf dem Modelflugplatz. An diesem Tag hatte er seinen brandneuen, orangefarbenen Doppeldecker Waco 1270 dabei. Mani war wieder an der Reihe. Er flog gerade mal zwei Schleifen, fing an zu trudeln und stürzte ab. Wir liefen, so schnell es ging, hinterher und brachten dem Piloten die Teile, die noch ganz gut aussahen. Bis auf den Propeller, den hatte er in den Boden gerammt. Aber Mani war stinksauer, dass ihm das schon wieder passiert war. Er machte ein Feuer und verbrannte kurz entschlossen die Reste des Flugzeugs.

Am nächsten Samstag waren wir schon früh um 08:30 Uhr auf dem Platz. Papa schickte mich zum Auto, um die Fernsteuerung zu holen. Ich rannte einfach quer über den Startplatz, wo Mani gerade seinen Flieger startete. Er sah mich zu spät und der Flieger bohrte sich mit seinem Propeller in mein rechtes Schienbein. Das Blut spritzte nur so über den Rasen. Papa holte sofort den Verbandskasten aus dem Auto und verband mein Bein.

Mama wusch die Wunde zu Hause mit Waschbenzin aus, was - wie immer - höllisch brannte. Sie schimpfte mit Papa, dass er gefälligst besser auf mich aufpassen solle. Dann musste ich zwei Mal samstags zu

18

Hause bleiben. Danach fuhr ich wieder mit. Stolz zeigte ich Ralf die drei Zentimeter lange Narbe, die mir sein Papa zugefügt hatte.

Der goldene Ball

Es passierte vor ungefähr zwanzig Jahren, als meine Schwiegermutter noch lebte und meine Kinder noch klein waren.

Die Oma hatte sich im Alter von sechzig Jahren das Malen von Blumen angeeignet und uns von da an mit ihren Kunstwerken an besonderen Tagen wie Geburtstagen, Weihnachten, Ostern, Silberhochzeit und so weiter, eine Freude bereitet. Inzwischen gab es kein Zimmer mehr, in dem nicht ein Gemälde von der Oma hing. „Verrückte Nudel" wurde sie liebevoll genannt. Besonders an Fasching. Beim Umzug auf dem Wagen war sie ein Leben lang dabei. Jedes Jahr hatte sie sich ein neues, ausgefallenes Kostüm ausgedacht und die Familie, Freunde und andere Narren damit überrascht. Sie war auch eine begeisterte Hobby-Knipserin. Urlaubsbilder und andere Festlichkeiten wurden, wann immer möglich, per Bild festgehalten.

Und dann geschah es: Dienstag vor Pfingsten waren wir bei den Groß-eltern in Sprendlingen zu Besuch. Unser ältester Sohn war damals drei Jahre und der Kleine fast ein Jahr alt. Es war ein warmer Frühlingstag. In den Nachbargärten, wie auch bei uns, standen schon die ersten bunten Planschbecken, die bereits mit Wasser gefüllt waren. Die warmen Sonnenstrahlen sollten das Wasser darin erwärmen. Damit die beiden sich im Garten vergnügen konnten, legte Oma eine leuchtend rote Decke auf den Rasen. Das war ein schöner Kontrast an diesem herrlichen Frühlingstag.

Oma und Opa waren beide fußballbegeistert und hatten damit auch ihre Enkel infiziert (andere Großmütter lesen ihnen Märchen vor oder der Opa lässt sie mit seiner Eisenbahn spielen).

Auch an diesem schönen Frühlingstag wurde wieder mit dem kleinen Enkel das Laufen geübt, und zwar mit dem Ball, denn er gab ihm Si-cherheit. Das sah dann so aus: Der Opa kickte den Ball, und die beiden Jungs versuchten ihn zu erwischen. Jedenfalls spielten die Großeltern mit unseren Kindern mit großer Freude und viel Geduld. Auf der roten Decke, die auf dem Rasen hinter dem Haus lag, wurde zwischendurch ausgeruht und man führte „Fachgespräche". Der kleine Ball leuchtete auf der roten Decke sonnengelb wie eine Blume. Die Großeltern übten mit den Kindern auch „Wer fängt den Ball?" Nach dem wer weiß wievielten Versuch klappte es dann endlich, erst im Sitzen und dann auch im Stehen.

Natürlich hatte Oma den Fotoapparat wieder griffbereit. Opa warf den beiden Jungs den Ball zu. Und auf einmal schien die Luft stillzustehen: Der kleine Knirps von elf Monaten sprang auf, trat einen Schritt auf den sonnengelben Ball zu und fing ihn sicher wie ein Tormann. Zu aller Überraschung, man glaubt es kaum, machte es genau in diesem Moment „klick". Oma hatte im richtigen Augenblick auf den Auslöser gedrückt. Das Bild war im Kasten. Es ist eines meiner liebsten Bilder, das – schön eingerahmt – bis heute einen Ehrenplatz in unserem Esszimmer hat.

Fantasie der Kindheit

Das Johannisfest

Die Fußballer hatten geplant, am Abend zum Johannisfest einen großen Holzstapel auf dem Sportplatz in der Maibachstraße anzuzünden. Nur leider hatten sie nicht mit meinem Bruder und dessen Freunde gerechnet.

Die waren schon nach der Schule auf diese Idee gekommen, hatten dafür sogar Benzin besorgt. Mich lud mein Bruder freudestrahlend ein mitzumachen. Erst zierte ich mich, dann nahm ich einen Tannenzweig und kokelte mit. Eine der Nadeln brannte sich mir tief ins Fleisch des linken Zeigefingers ein. Schon hatte ich genug von dem Spiel mit dem Feuer und wollte nach Hause. Ich bat meinen Bruder aufzuhören und mitzukommen. Aber er wollte nicht.

Als die drei Jungs nicht aufhörten Benzin nachzugießen, kam es, wie nicht anders zu erwarten, zu einer riesigen Stichflamme. Das hatte zur Folge, dass meinem Bruder die wunderschönen, langen Wimpern und die Augenbrauen versengt wurden. Wer von euch schon mal versengte Haare gerochen hat, weiß, wie das stinkt. Seine Freunde kamen nicht so glimpflich davon, sie mussten mit Verbrennungen 2. Grades ins Krankenhaus.

Die Ranch

Als ich ein Kind war, war das Feld mein zweites Zuhause. Nach der Schule hielt mich nichts mehr. Los ging es in Feld, Wald und Wiese. Wenn es Frühling wurde, setzte ich mich an einen kleinen Bach und zog Schuhe und Strümpfe aus. Dann badete ich meine Füße im Wasser des Bächleins, schaute mir die Kaulquappen, Kröten, Molche und Salamander an. Auf diese Art begrüßte ich viele Jahre die warme Jahreszeit. Auch stellte ich mir vor, dass dieses Bächlein in einen Bach, dann in einen Fluss und anschließend ins Meer mündete. Auf dieser Reise wurde es von den Hautschuppen meiner Füße begleitet. Sie waren schon in Italien, noch bevor unsere Schulferien begannen.

Das Wasser ist ein ewiger Kreislauf, der Lauf des Lebens. Wenn wir diesem vertrauen und uns ganz sanft treiben lassen, die Augen und Ohren offen halten, fühlen, riechen und schmecken, uns eben mit allen Sinnen an der Schönheit unserer Mutter Erde erfreuen, sollten hässliche Dinge, wie Neid und Missgunst uns nicht jucken.

Auf einer der Wiesen stand ein schwarzes Pferd: „Suleika". Eine wunderschöne, schwarze Stute, die ich oft streichelte. Ein kleines Stück weiter war ein Zwinger mit vier großen Schäferhunden. Einer von ihnen hatte die Farbe und das Fell eines Wolfes und einen wunderschönen Kopf mit lieben, braunen Augen. Da ich mit den Tieren redete, – das ging damals besser als mit Menschen – konnte ich jeden Hund anfassen, und oft fing ich auch die Ausreißer ein. Man glaubt nicht, wie die Hunde dort gehalten wurden. In Käfige gesperrt, ohne Auslauf oder eine Bezugsperson, oft ohne Futter und Wasser. Dennoch konnte ich diese Hunde gut einschätzen. Heute finde ich aber, dass viele Hunde irgendwie gestört sind. Man merkt es, wenn man im Feld spazieren geht. Ein Hund kommt einem in Begleitung entgegen und knurrt und bellt, als würde man in sein Revier einbrechen.

Noch ein Stück weiter war eine andere Koppel. Diese war mit einem elektrischen Zaun gesichert. Das bitzelte böse, wenn man drankam. Oft ging ich zu dieser Pferdekoppel, auf der drei Welsh-Ponys standen. Da ich keinen Sattel besaß, setzte ich mich einfach auf einen der Pferderü cken und ab ging die Post. So etwas würde ich heute meinen Kindern verbieten. Das steht fest.

Damals hatte ich einen Traum: Wenn ich tagsüber döste, träumte ich, ich wäre in Australien und hätte eine eigene Pferderanch mit wilden Mustangs, die ich selbst gefangen und zugeritten hatte.

Susi, die Schildkröte

Es war einmal ein Junge, der wünschte sich ein Haustier. Da die Eltern mit ihren drei Kindern in einer kleinen Wohnung lebten, kamen Hund oder Katze nicht infrage.

Nach langem Hin und Her entschied sich die Familie für eine Schildkröte. Diese wurde Susi genannt. Der Junge hatte so seine Schwierigkeiten mit der langsamen Schildkröte. Er streichelte sie, sie reagierte nicht. Er redete mit ihr, sie gab keine Antwort. Da wettete er mit seinen beiden Freunden, welches der Tiere wohl schneller sein würde. Die hatten auch so eine Schildkröte. Die drei Tiere wurden in einer Reihe aufgestellt und es gab einen Anpfiff. Dann bekamen sie es mit dem Stock auf die Hinterteile. Susi war am schnellsten, sie war so eine Behandlung nicht gewohnt und sehr erschrocken.

Aber dem Jungen tat seine Schildkröte leid und er veranstaltete nie wieder ein Rennen mit Tieren. Er entdeckte seine Liebe zum Motorsport und heute fährt er hin und wieder Autorennen.

Benny, eine große Liebe

Es war einmal ein Mädchen, das wünschte sich nichts mehr als ein Pferd. Die Mutter brachte ihre Tochter, so oft es möglich war, auf einen Ponyhof zum Reiten.

Dort verliebte sich das Mädchen in einen Norweger-Isländer-Fuchswallach, der mit einem Stockmaß von 140 cm genau zu ihrer Größe passte. Das Mädchen machte jede Jagd mit, mistete den Stall aus, fütterte die Pferde, brachte sie auf die Weide. Es wünschte sich nichts mehr auf der Welt, als dieses rot-braune Pony.

Und so sparte es sein ganzes Taschengeld. Dann kam die Konfirmation und endlich, als jeder Pfennig zusammengekratzt war, konnte das Mädchen das Pony kaufen. Jetzt mussten die Eltern ihr Kind auf jede Jagd begleiten. Dort räumte es fast jede Trophäe ab. Das kleine, rot-braune Pony war der beste Freund des Mädchens, und es konnte ihm alles erzählen.

Aber leider wuchs das Mädchen aus dem Pony heraus, und so musste ein Größeres her. Von diesem Tag an war das Pony nur noch ihr Maskottchen. Aber da es auch älter wurde, machte es ihm nichts mehr aus, auf diese Art sein Gnadenbrot zu verdienen.

Und wenn es nicht gestorben ist, dann lebt es auch noch heute...

Wenn Eltern einmal Urlaub machen.

Dienstag war ich bei meiner Mutter. Erzählte von den Hausaufgaben meiner Schreibgruppe, und dass mir beim Thema „Gruseln" auf Anhieb nichts einfällt. Da erzählte sie mir eine kleine Geschichte:

In diesem Sommer fuhren sie nach einundzwanzig Jahren das erste Mal mit nur einem Kind in den Urlaub nach Italien. Sie verlebten eine wunderschöne Woche. Sie waren in Burano Tischdecken kaufen, auf dem Markt in Cavallino und bei Nacht in Venedig.

Das Wetter ließ nichts zu wünschen übrig, sie konnten jeden Tag im Meer baden. Alle zwei Tage riefen sie zu Hause an und fragten, ob alles in Ordnung wäre. Sie bekamen zur Antwort: „Alles bestens, erholt euch nur gut."

Was sie nicht wussten: Der Sohn des Hauses, der gerade mal sechszehn Jahre zählte und auf Haus und Hof achten sollte, beschloss kurzerhand, mit seinem besten Freund eine Spritztour mit Mutters nagelneuen Auto, einem roten VW-Polo, zu unternehmen. Dummerweise landeten sie nach einer rasanten Tour außerhalb des Ortes in einem Straßengraben. Sie hatten anscheinend einen guten Schutzengel, denn sie kamen fast unverletzt aus dem verbeulten Wagen. Benommen stiegen die beiden jungen Herren aus. Noch in der Nacht riefen sie bei ihrem Freund, einem Bauern, an und baten ihn, das Auto mit dem Traktor nachhause und in den Hof zu bringen. Danach gingen sie zu Bett.

Am nächsten Tag beschlossen sie, das Auto einfach auf dem Hof stehen zu lassen, um noch eine Nacht drüber zu schlafen. Erst dann wurden sie emsig. Sie besorgten Ersatzteile wie Kotflügel, Stoßstange, Lampen, Blinker, Haube, Reifen und dazu Farbe. Bei dem Polo wurde äußerlich alles wiederhergestellt. Die zwei jungen Möchtegern-Designer leisteten ganze Arbeit, das muss man ihnen lassen! Wie der Polo so auf dem Hof stand, sah man auf den ersten Blick nicht, dass da etwas oberfaul war!

Die Eltern riefen nach wie vor jeden zweiten Tag an und bekamen jedes Mal zur Antwort, dass alles in Ordnung wäre.

Als sie nach vierzehn Tagen wieder zurückkamen, wollte die Mutter am Wochenanfang mit dem Auto zum Großmarkt zur Arbeit fahren. Sie kam nur bis zur nächsten Straßenecke. Das Auto verhielt sich mehr als merkwürdig. Fuhr in den Kurven geradeaus, beim Bremsen fühlte es sich an, als wenn man das Bodenblech durchtreten könne. Von Bremskraft aber keine Spur. Total mit den Nerven am Ende, zitternd, schweißgebadet und froh, diesem Albtraum lebend entkommen zu sein, parkte sie am Straßenrand. Dann rief sie ihren Mann an und fragte, was das sein könnte. Er antwortete, dass er sich die Sache genauer ansehen würde, wenn er nach Hause kommt. Sie sollte das Auto auf keinen Fall mehr bewegen.

Als der Vater von der Arbeit nach Hause kam, schaute er nur kurz unter das Auto und sagte: „Der Rahmen ist total verzogen!" Totalschaden!

Die Arbeit und das Geld für die Ersatzteile hätten sich die Jungs sparen können. Der für den Schaden verantwortliche junge Mann hatte mehr Glück als Verstand, dass er nicht zu Hause war. Er war mit seiner Freundin, die zwei Jahre älter war und einen Führerschein hatte, im Urlaub. Er hätte ansonsten wohl das erste Mal in seinem Leben eine ordentliche Tracht Prügel bezogen.

Noch Wochen später wurde meine Mutter von gruseligen Albträumen geplagt und saß anschließend schweißgebadet senkrecht im Bett.

Platzangst

Gerda war für die Hauptkasse verantwortlich. Sie war von Beruf Kassiererin, heute nennt man das Großhandelskauffrau. Um 22:05 Uhr betrat sie den Personalaufzug. Tagesabschluss. Sie fuhr nur ein kleines Stück runter, dann blieb der Aufzug plötzlich stehen. Sie hatte Angst in engen Räumen und klopfte wie eine Verrückte gegen die Tür. Ihre Gedanken rasten: Freitag, 22:05 Uhr, es war Wochenende. Wenn sie keiner finden würde, müsste sie drei Tage in diesem engen Schacht verbringen. Sie trat und haute mit ihren Stöckelschuhen gegen die Aufzugtür.

Nach einer Stunde, die ihr wie eine Woche vorkam, merkte ihr Chef Franz, dass sie samt der Kasse fehlte. Schnell schaute er auf dem Parkplatz nach. Das Auto stand noch auf dem gleichen Platz wie am Morgen. Schlagartig kam er zu dem Schluss, dass sie nur im Aufzug stecken konnte.

Er rannte den Gang entlang und bemerkte gleich den leuchtenden, roten Knopf. Schnell drückte er den grünen und Gerda war augenblicklich frei. Sie fiel ihm um den Hals, zitternd und tränenüberströmt. Gemeinsam tranken sie noch einen Kamillentee in seinem Büro, und dann fuhr er sie ganze fünfunddreißig Kilometer bis nach Hause. Ihr Auto blieb ausnahmsweise auf dem Parkplatz stehen. Am Sonntag würde sie es mit ihrem Mann abholen.

Zehn Jahre später: Seit diesem verhängnisvollen Abend hatte sie nie wieder einen Aufzug betreten. Wie schon die letzten neun Jahre fuhren Gerda und ihr Mann über Weihnachten mit Lorchen und Mani ins Rhönparkhotel in der Rhön. Meist hatten sie die Zimmer 3026 und 3027 im dritten Stock. Mit herrlicher Aussicht auf die Wasserkuppe. Man sah sogar die Kinder mit ihrem Schlitten den Berg herunter sausen - wenn mal kein Nebel war.

Zum Frühstück ging es im Aufzug nach unten, allerdings nur Lorchen, Mani und Berthold. Gerda nahm natürlich die Treppe. Anschließend trafen sie sich im Eisenbahnsalon im ersten Stock wieder. Lorchen, Mani und Berthold versuchten ständig, Gerda zum Mitfahren zu überreden. Sie musste sich die tollsten Späße gefallen lassen, bekam die verlockendsten Angebote: Wenn sie einmal mitfahren würde, dann...

Außerdem sei in den letzten zehn Jahren in diesem Haus noch nie etwas mit den Aufzügen gewesen, was sie natürlich jedes Mal erzählt bekam. Im Dezember 2010 hatte Mani Gerda endlich so weit, dass sie einfach nicht widerstehen konnte: Der sonst so Sparsame lud sie alle zusammen zu einer Pferdekutschfahrt und zum Brunch in „Peterchens Mondfahrt" ein. In diesen noblen Schuppen wollte sie schon immer mal gehen. Wie besprochen, nahmen sie an diesem Tag gemeinsam den Aufzug. Die Tür hatte sich kaum geschlossen, da ging die Fahrt auch schon nach unten. Es kam wie es kommen musste: In der ersten Etage blieb der Aufzug stecken.

Da Gerda dies schon einmal vor zehn Jahren im Großmarkt passiert war, konnte sie keine Macht der Welt mehr beruhigen. Schweißgebadet riss sie sich die Kleider einzeln vom Leib und bekam keine Luft mehr. Mani fing an zu lachen und rief bei jedem Kleidungsstück: „Weiter so, weiter so." Schließlich stand Gerda nur noch in Slip und BH vor den Dreien.

Plötzlich bewegte sich der Aufzug wie von Zauberhand den letzten Stock nach unten. Als sich die Lage etwas beruhigt hatte, sagte Mani schmunzelnd: „Endlich mal eine Peepshow, und das auch noch völlig kostenlos."

Anke

Anke, Afra und unsere Liebe zur Nordsee

Als wir letzten Sommer an der Nordsee waren, sah ich am Strand einen jungen Dackel. Und da musste ich wieder an sie denken, an Afra ...

Wie viele andere Kinder auch, wünschte ich mir nichts sehnlicher als einen Hund. Den ich wegen Platzmangels, wir waren drei Kinder und zwei Erwachsene und hatten nur drei kleine Zimmer, Küche und Bad, nicht bekam. Da ich aber schon immer voller Ideen war und unbedingt ein Haustier haben wollte, nahm ich einen leeren Pappkasten, legte Gras hinein und fing mir ein paar Schnecken. Sie wurden meine ersten Haustiere.

Nach langem Betteln bekam ich dann endlich einen Wellensittich, dem ich den Namen Jockey gab. Er wurde bald zahm und sprach auch ein paar Worte. Jocky flog Papa und mir auf die Schulter oder auf den Finger. Er aß mit uns vom Teller und teilte die Äpfel mit mir. Er war so zahm, dass ich mit ihm sogar ohne Käfig auf den Balkon gehen konnte.

Nach zwei Jahren bekam Papa Besuch von einem Arbeitskollegen. Papa wollte ihm zeigen, wie Jocky auf dem Balkon herumflog. Doch dort musste der Mann plötzlich niesen, Jocky erschrak fürchterlich und flog davon. So wurde es mir später jedenfalls berichtet, als ich nach Hause kam. Ich suchte die ganze Gegend ab, aber Jocky war und blieb verschwunden.

Vier Wochen später ging ich, immer noch suchend, am Sportplatz vorbei und traf dort auf Afra, einem Dackel und sein Frauchen Anke. Anke erzählte mir, wie Afra sie zum Frauchen gemacht hatte: Hunde, die Gassi gehen, "lesen sozusagen die Zeitung" indem sie durch Schnüffeln Informationen sammeln. Und sie erzählte auch, dass Schweinefleisch zum Beispiel für Hund und Mensch ungesund sei. Ich freundete mich mit Anke an und ernannte sie kurze Zeit später zu meiner Ersatzmutter.

Anke bekam mit Dreißig ihr erstes Kind und mit Zweiunddreißig ihr zweites, beides Mädchen. Ich gab ihr meinen Hochstuhl zum Füttern der Kinder. Den hatte mir meine Tante aus Amerika geschenkt. Er war ganz aus Metall; Kinder konnten da nicht herausfallen.

Wenn ich bei Anke war, und sie musste mal in den Keller zur Waschmaschine, dann passte ich auf die beiden Mädchen auf. Es war eine große Erleichterung für sie, dass sie nicht ständig auf der Matte stehen musste.

Von Anke habe ich sehr viel gelernt: Wäsche waschen, Kochen, Stärken, Bügeln, Reste verwerten. Bei ihr war alles noch zu gebrauchen. Sie gab jeder Pflanze eine Chance, kein Gegenstand musste gleich zum Müll. Er konnte noch für irgendetwas gebraucht werden. Da sie in ihrer Kindheit im Hotel ihrer Mutter helfen durfte, hatte sie von allem Ahnung. Anke ließ keine Frage ohne Antwort. Sie war auch der Meinung, dass ohne Arbeit gar nichts geht. Das fand ich ganz in Ordnung, aber, ehrlich gesagt, kann ich Staubsaugen nicht ausstehen.

Anke sagte, wenn ich ihr Kind wäre, würde sie mit mir vorher besprechen, welche Aufgaben ich gerne übernehmen möchte. Wir würden uns dann schon einig werden. Sie lehrte mich auch, dass Schenken mehr Freude machen kann, als selbst beschenkt zu werden.

Da meine Mutter Vollzeit beschäftigt war, hatte sie leider nicht so viel Zeit, Geduld und Nerven wie Anke. Manchmal glaube ich, meine Mutter hat mir bis heute nicht verziehen, dass ich lieber mit Afra Gassi ging als zum Babysitten. Aber Papa machte vieles wieder gut. Ich durfte ihm beim Reparieren der Autos helfen, ihm das Werkzeug reichen oder den Öllappen schwingen. Er lernte mit mir das Einmaleins bis es saß und nahm mich mit auf den Modellflugplatz. Mein Selbstvertrauen habe ich wohl durch Papa und Anke bekommen.

Jeden Sommer fuhr Anke mit Afra auf ihre Heimatinsel Baltrum. Afra wurde siebzehn Jahre alt und sah zum Schluss noch immer aus wie ein junges Hundemädchen. Baltrum war Afras Jungbrunnen gewesen.

Inzwischen war auch ich schon mehrmals an der Nordsee und fühle mich dort beinahe wie zuhause. Vielleicht sieht man mir das auch irgendwie an, denn ich wurde schon öfter darauf angesprochen, ob ich von dort sei. Und dieses „Moin" hat schließlich auch was …

Süße Früchtchen

Andere sind Babysitter für Kinder, ich war es für Hunde. Endlich hatte ich es geschafft, die Dackeldame Afra, meine erste große Liebe, beim Hunde-Dressurplatz anzumelden. Was gar nicht so leicht war: Erstens gehörte der Hund ja nicht mir. Zweitens waren da nur große Hunde zugelassen. Aber wer konnte einem neunjährigen Mädchen mit Hunde-verstand und den Kopf voller Ideen schon einen Wunsch abschlagen?

Sonntags gingen wir beide jetzt immer Punkt neun Uhr auf den Hunde-platz. Wir machten alles mit, was der Rücken eines Dackels zulässt: Kleine Hindernisse überspringen, Sitz, Platz, Bringen. Zugegeben, die Hindernisse überspringen war nicht so ganz Afras freier Wille. Der große Mann flüsterte mir zu, ich solle es mal mit einem Frolic als Lockmittel versuchen. Er gab mir drei Stück in die Hand und ich mach-te sofort den Test. Und siehe da, sie sprang über das kleine Zäunchen, als hätte sie dies schon tausend Mal gemacht.

Aber ich spürte, für die Großen waren wir wohl eher als Maskottchen mit von der Partie.

An einem Sonntag war noch niemand da, sodass Afra und ich schon wieder nach Hause gehen wollten. Aber nach einer halben Stunde kam der große Mann, den ich schon kannte, mit seinem Deutschen Schäfer-hund. Er wohne nicht weit weg vom Hundeplatz, sagte er, und habe mich vom Fenster aus gesehen. Er meinte, wir könnten ja spazieren gehen, bis die anderen von ihrem Ausflug zurückkämen. Der große Mann hatte selbst Kinder und war wie die meisten unserer Hundebesit-zer schon über Fünfzig. Für mich war das damals jenseits von Gut und Böse. Mein Vater war gerade mal dreißig Jahre alt, und ihn hatte ich schon mal spaßeshalber als alten Knacker bezeichnet. Der älteste Sohn des alten Mannes kam auch manchmal auf den Platz. Das war ein ganz Lieber und der hatte mir schon so manchen guten Tipp gegeben.

Meine Eltern vertrauten mir, weil man auf mein Wort zählen konnte. Ich durfte mir meine Grenzen auch selbst setzen. Für mein Alter war ich sehr groß und auch schon sehr vernünftig. Die meisten schätzten mich zwei, drei Jahre älter. Trotzdem war ich ein wildes Mädchen.

Zugegeben, mir war noch nie jemand außerhalb der Schule begegnet, der es geschafft hätte, mich zu bändigen.

Aber drei Regeln gaben mir meine Eltern auf den Weg:

- Nimm nie etwas von einem Fremden. Keine Schokolade und auch keine Bonbons. Sonst bist du verloren und wir können dir nicht mehr helfen!

- Wenn es dunkel wird, bist du zu Hause!

- Fahre nie in einem anderen Auto mit, außer einer von uns ist dabei!

In meinem jugendlichen Leichtsinn war ich der Meinung, Menschen, die Tiere mögen und eigene Kinder haben, sind gute Menschen. Der große Mann und ich gingen gemeinsam im Feld spazieren, dann setzten wir uns auf einen umgefallenen Baum. Er bot mir die Aprikosen des Baumes vom Hundeplatz an. Ich dachte: „Vom Baum ist es etwas anderes, weder Bonbons noch Schokolade." Die Früchte waren reif, süß und so was von saftig.

Die ganze Zeit stellte er mir komische Fragen. Zum Beispiel, ob ich meine Hose ausziehen würde. Wo er mich streicheln dürfte und lauter solchen Quatsch. Mir stellten sich die Nackenhaare hoch. Mein Herz schlug mir bis zum Hals. Fieberhaft dachte ich über einen Ausweg nach. In meinem Kopf erschien nur: „Sackgasse. Endstation. - Nein, jetzt nur nicht aufgeben, sonst hast du verloren!" Ich sagte, ich hätte was vergessen und müsse sofort nach Hause. Der große Mann kam auf mich zu, wollte mich anfassen, überreden zu bleiben. Mit einem Mal wehrte sich etwas in mir. Nicht mit mir! Ich gab Gas, rannte mit Afra bis die Sohlen qualmten. Nichts wie weg!

Ich wusste, wie man unter der Autobahn durch die Abwasserrohre eine gute Abkürzung nehmen konnte. Ich schlug diesen Weg ein. Da ich glaubte, dass mir der Verfolger auf den Fersen war, durfte ich keinen Mucks von mir geben. Dies war die einzige Chance, ihm zu entkommen. Im Gebüsch hinter der alten Ulme war der Einstieg. So schnell ich konnte, kletterte ich die sieben Stufen runter, Afra auf meinem rechten Arm. Bei der letzten Stufe rutschte ich ab. Zum Glück hatte ich mir nur den Fuß verdreht. Es tat zwar höllisch weh, aber es war nichts gebrochen. In gebückter Haltung schlich ich mich mit Afra durch die Rohre. Zuerst durch das eklige Rinnsal watend, dann durch eine kniehohe stinkende, braune Brühe. Nach etwa hundertfünfzig Metern schien etwas Licht von oben durch das Gitter. Genug, um etwas zu sehen. Plötzlich gab es ein rauschendes Geräusch, wie bei einer großen Welle. Die Ratten sprengten in alle Richtungen davon. Nix wie weg.

Auf der anderen Seite der Autobahn kamen wir wieder ans Tageslicht. Wir genossen die frische Luft in vollen Zügen. Gerettet.

In der folgenden Nacht träumte ich, dass der Schäferhund von dem großen Mann meine Verfolgung aufgenommen hätte. Der Befehl „fass" genügt, das hatte ich in der Hundeschule gelernt. Meine Nacht war ein einziger schrecklicher Albtraum.

Seit diesem Tag habe ich den Hundeplatz nie wieder betreten. Wenn ich an dieses Erlebnis zurückdenke, stellen sich mir die Nackenhaare noch immer hoch. Ich hatte mehr Glück als Verstand gehabt. Oder vielleicht ein gutes Gespür. Es war mehr als knapp gewesen.

Besuch bei Anke

Heute war ich bei Anke im Kosmetiksalon. Wir kennen uns schon seit ich acht Jahre alt bin, und sie ist meine selbsternannte Ersatzmama. Wir tranken mit Werner, ihrem Mann, gemütlich Tee und schwatzten was das Zeug hielt. Wie immer, daran hat sich in den dreiundvierzig Jahren, die wir uns kennen, nichts geändert. Außer dass uns Werner, nun da er in Rente ist, beim Tee Gesellschaft leistet. Was für mich eine ganz besondere Auszeichnung ist. Werner ist da eigen.

Unter anderem habe ich Anke mein Herz ausgeschüttet und erzählt, dass meine Mutter mich wieder mal nicht unterstützt hat. Mein Jüngster Steve, hat sich zwei Monate Pause gegönnt, nachdem er dreieinhalb Jahre fast ununterbrochen und ohne ein freies Wochenende gearbeitet hatte. Das geht laut meiner Mutter schon mal gar nicht. Wo meine Eltern doch so fleißig sind und mit über Siebzig noch voll im Berufsleben stehen. Das schwarze Schaf in der Familie - also ich - tue ja sowieso nichts. Und das schon mein Leben lang.

Dieses schwarze Schaf hatte sich erlaubt, die eigenen Eltern zu Weihnachten in Steves Lehrbetrieb, nach seiner bestandener Prüfung, zum Gansessen einzuladen. Steve wollte die Gans für uns tranchieren. Für mich persönlich wäre eine solche Einladung eine Auszeichnung gewesen. Papa meinte jedoch, in diesen Saftladen würde er in seinem ganzen Leben nicht mehr gehen.

Dann hackte Mama auf Steve herum und meinte, dass es so etwas wie zwei Monate Auszeit bei ihnen nicht gegeben hätte. Er spiele zu viel mit dem Computer, was natürlich nur meine Schuld sei, denn er durfte ja als Kind nicht genug Fernsehen, sondern musste sich mit seinen Eltern mit Brettspielen und ähnlichem Mist beschäftigen. Hallo? Ich habe niemals Beschwerden von meinen Söhnen bekommen - im Gegenteil. Und ich war so was von stinksauer, als sie meinem achtjährigen Sohn zu Weihnachten einen Gameboy schenkten. Wir hatten ihm ein gebrauchtes Modellflugzeug gekauft, mit Fernsteuerung, da mein Papa ja hobbymäßig Modellflugzeuge fliegt. Ein Arbeitskollege meines Mannes gab Steve Flugunterricht. Steve stellte sich erstaunlich gut an und war mit Eifer bei der Sache. Er konnte es kaum abwarten, seinem Opa sein Können zu zeigen. Aber der ging uns aus dem Weg, wo er nur konnte. Wir blieben auf unserem Modellflugzeug samt Fernsteuerung hocken und Steve war tief enttäuscht, dass sein Opa nicht mit ihm Fliegen wollte. Aber Salz in die Wunde kippen, das können die prima, und wie immer nur an sich denken, das auch.

Als ich Anke das erzählte, meinte sie, sie würde am Sonntag zu mir kommen, und dann mit Steve und mir zu der Ausstellung der Hobbykünstler in den Johanneshof gehen. Der Johanneshof war Steves Arbeitsplatz gewesen, und man müsse die Lust an der Arbeit in diesem entbehrungsreichen Beruf auf jeden Fall erhalten. Das würde aber nur gehen, wenn man mit Herz und Seele dabei ist. Sie weiß, wovon sie spricht: Ihre Eltern hatten früher ein Hotel auf der Insel Baltrum und ihre Brüder waren beide Sterneköche. Anke sagte auch, sie würde mich da unterstützen, wo meine Eltern wieder mal …

Gut, denken wir uns diesen Teil.

Die Selbstschenkerin

Endlich war es so weit, es war Sonntag, und ich hatte mich mit Anke bei uns zum Kaffee verabredet. Danach wollten wir zum Johanneshof in Egelsbach gehen, dort arbeitet einer meiner Söhne als Koch. Punkt vierzehn Uhr, wie abgemacht, stand sie vor der Tür. Wir umarmten uns herzlich, wie immer, wenn wir uns sehen. Wir plauderten einen Moment noch mit meinem erstgeborenen Sohn und meinem Mann. Dann machte ich Kaffee. Anke schnitt den Kuchen an. Wir sind halt ein eingespieltes Team, auch wenn wir uns jetzt leider nur noch einmal im Jahr treffen können. Als wir mit Kaffee und Kuchen fertig waren, erzählte sie von ihrer Tochter Sonja, unserem Herzenskind. Na ja, Kind ist wohl etwas übertrieben. Immerhin ist sie schon über Dreißig, eine tolle Lehrerin, mit Ideen, wie sie sich jede Mutter für ihr Kind erträumt. Nur wenige haben das ganz große Los gezogen und bekommen eine solche Lehrerin.

In der Schule, in der Sonja unterrichtete, gab es die kinderreiche Familie Wurm mit besonders schwierigen Schülern. Die anderen Lehrerinnen wollten diese Kinder gar nicht erst in ihren Klassen haben. Sie setzten jedes Mal alle Hebel in Bewegung, um ja keinen Wurm, so wurden diese Kinder genannt, zu bekommen. Da Sonja noch nicht lange als Lehrerin an dieser Schule arbeitete, wurde ihr prompt der nächste Wurm auf die Nase gedrückt.

Sonja hat die Gabe, ein Kind zunächst einmal in aller Ruhe anzuschauen und erst dann zu handeln. Sie redete mit den anderen Schülern ihrer Klasse, bat sie um Hilfe für den gemeinsamen, zugegeben, schwierigen, Klassenkameraden. Sie hängte unter anderem eine Wäscheleine auf, an die für jedes Kind eine Klammer gehängt wurde. Zuvor wurde die Klammer liebevoll in der gewünschten Farbe bemalt und mit dem Lieblingstier des Kindes versehen. Wenn das jeweilige Kind fleißig war, wanderte die Klammer nach links, zur Sonne. Wenn es dagegen in Richtung Störenfried fungierte, wanderte die Klammer nach rechts, zum Regen. Bald waren die Klammern fast aller Kinder ohne ein böses Wort nach links gewandert. Bis auf die Klammer von ihrem Wurm.

Die anderen Schüler waren mit Feuereifer dabei. Sie drückten das eine oder andere Auge zu, wenn der Wurm sich wieder mal von seiner „besten Seite" zeigte.

Er durfte zu Hause auch noch spätabends fernsehen und er brachte die Auszüge des Programmes täglich mit in den Unterricht. Er wollte sogar mit seinen Klassenkameraden über Gruselfilme diskutieren. Aber da es bei den anderen Kindern so spät kein Fernsehen mehr gab, konnten sie ihm keine Antwort geben.

So stänkerte er und war einfach unmöglich im Unterricht.

Sonja schaute sich das einen Monat lang in aller Ruhe an und überlegte fieberhaft, was sie für diesen Wurm Gutes tun könne. Dann, als der Monat rum war, bat sie ihn vor die Klassentür und redete ganz vernünftig und in ruhigem Ton mit ihm. Sie sagte ihm, dass sie ihn für überdurchschnittlich intelligent hielte und er es absolut nicht nötig habe, den Klassenclown zu spielen. Der Wurm brach in Tränen aus und sprach nun ganz offen mit ihr über seine Probleme.

Von dem Tag an war der Knoten geplatzt. Der kleine Wurm wurde zu dem Schüler, den sich jede Lehrerin wünschte: Fleißig, umgänglich und hilfsbereit gegenüber Schwächeren. Intelligent waren die Wurms schon von Haus aus. Auf einmal fragten selbst die älteren Kolleginnen nach dem Zaubermittel und was Sonja mit diesem Wurm gemacht habe. Sie würden ihn kaum wiedererkennen.

Nachdem Anke uns diese Geschichte erzählt hatte, kamen uns fast die Tränen. Kurze Zeit später gingen wir zum Johanneshof. Wir schauten uns die Kunstwerke bewundernd an. Anke war wieder mal ganz in ihrem Element, sie redete freundlich und herzlich mit den Standbeschickern. Ich merkte förmlich, dass sie jedem ein kleines Stück Glück schenkte. So ist sie eben, meine Ersatzmama.

Alexandra die Große

Wenn man einen solchen Namen bekommt, sind die Erwartungen sehr hoch. Sie ist zusätzlich auch noch das erste Kind der Familie, was die Sache nicht unbedingt leichter macht. Für jeden Quatsch muss man eine Prüfung ablegen, aber wenn man Kinder bekommt, muss man alleine zusehen, wie man sie groß bekommt. Nicht zu vergessen, die tollen Ratschläge der besten Freundinnen, die zumeist selbst keine Kinder haben.

Alexandra war ein typisches Schreikind. Man konnte ihr nichts Recht machen. Im zarten Alter von zwei Jahren bekam sie Neurodermitis. Und das ausgerechnet bei einer Kosmetikerin als Mutter, die das Thema Haut ja praktisch studiert hatte. Es wurde alles Mögliche ausprobiert, von den Versuchen der Herren Ärzte ganz zu schweigen. Teilweise musste Alexandra sogar ins Krankenhaus, weil sie sich blutig kratzte. Nach jahrelangen Tests, unter anderem mit Cortison oder fettreichen Cremes, ohne jegliche Duftstoffe, kam man zu dem Schluss, dass in ihrem Fall weniger mehr ist. Von diesem Tag an wusch oder duschte Alexandra sich nur noch eiskalt mit Nachtkerzenölseife. Und siehe da, endlich hatte man den gewünschten Erfolg.

Alexandra liebte Sport, aus diesem Grund war sie auch in den verschiedensten Vereinen. Ihre beste Freundin hieß Michaela, und mit ihr konnte man Pferde stehlen. Michaela ist dann weggezogen und seit vier Jahren in einem anderen Schwimmverein. Ihr Verein nahm an einem Wettbewerb zum Jugendschwimmmeister teil, aber ausgerechnet die beste Schwimmerin des Vereins war krank geworden. Michaela hat zwar den meisten Ehrgeiz, aber ob das in diesem Fall reichen würde? Der Trainer, der gleichzeitig auch ihr Vater ist, war mehr als skeptisch. Da machte Michaela den Vorschlag, sie könnte ja ihre Freundin aus Hessen fragen.

Der Trainer und Alexandra waren sofort einverstanden. Nachdem ein paar Kleinigkeiten von wegen Fremdverein und Gastschwimmerin geklärt waren, durfte Alexandra an dem Wettbewerb für Michaelas Verein teilnehmen.

Die Freunde und Eltern standen am Beckenrand, als der Startschuss fiel. Die Schwimmerinnen machten einen Schießer ins Wasser. Michaela schwamm als Erste los und erlangte für die Mannschaft einen gewaltigen Vorsprung. Zwei Meter vor dem Beckenrand gab sie den Staffelstab an Petra weiter. Diese übergab an Susanne, die wohl einen äußerst schlechten Tag erwischt hatte. In dem Moment sah es so aus, als ob die Mannschaft enorm zurückfallen und somit den Vorsprung regelrecht versieben würde. Jetzt wurde der Staffelstab an die kleine, zierliche Alexandra übergeben. Die hat eine besondere Technik beim Wenden, aber sehr wenig Ausdauer. Michaela, das Powergirl, und die Zuschauer waren verzweifelt. Alexandra nahm alle Technik und Kraft, jedes kleine bisschen Ausdauer zusammen und holte auf. Sie verhalf Michaelas Mannschaft doch tatsächlich zum Sieg. Die Menschen in der Halle konnten es zuerst nicht glauben, aber dieses zarte, zierliche Etwas war tatsächlich allen davon geschwommen.

Alexandra ist etwas ganz Besonderes, eine der Wenigen, die nach dem Abi gleich wissen, wie es weitergeht. So ging sie ihren Weg - immer geradeaus. Sie hat mittlerweile selbst drei Kinder, und ich wünsche ihr von ganzem Herzen, dass auch sie ihren Weg gehen.

Michaelas Mutter verriet Alexandras Mutter das Rezept einer schnellen Suppe. Es war ja damals keine Zeit mehr gewesen, um groß zu kochen. Anke hat mir dieses Rezept vor vielen Jahren gegeben, und jetzt weiß ich endlich, wie die Örtel-Suppe entstanden ist.

Örtel-Suppe- wenn es mal schnell gehen muss!

2 Zwiebeln
1 EL Butter
1 Dose Mais
1 Dose gehackte Tomaten
200g Hackfleisch
Alles anbraten, und dann 20 Minuten köcheln. Mit Salz und Pfeffer würzen. Nach Geschmack Petersilie, Gemüsereste hinzu geben.

Guten Appetit, wünscht Gabriela!

Autos und mehr

Ein roter R4

Früher wohnten wir alle in Sprendlingen in einer Dreizimmerwohnung. Mein Papa hatte im Wohnzimmer eine Holzwand gebaut, hinter der sich ein 1,50 Meter breites Bett befand, in dem meine Eltern schliefen. Dadurch hatte ich als Älteste ein eigenes Zimmer für mich, und meine beiden jüngeren Geschwister teilten sich ein großes Zimmer.

Mama fuhr abends, wenn Papa zu Hause war und auf meine kleinen Geschwister und mich aufpasste, zum Großmarkt zur Arbeit. Sie hatte einen roten R4, und mein Papa war ihr persönlicher Automechaniker.

Eines Abends, Papa war noch nicht zuhause, gab es draußen einen fürchterlichen Knall, und wir stürzten nach unten. Da hatte so ein feiner Pinkel mit Stock und Hut doch glatt übersehen, dass ein Auto auf dem Parkplatz stand. Er hatte sein Auto eingeparkt und dabei unseren R4 quer über die ganze Wiese geschoben.

Wir riefen die Polizei, die feststellte, dass unser R4 einen Totalschaden hatte. Papa brachte ihn drei Tage später zu seinem Freund Mani auf die Richtbank. Der beulte ihn aus und spritzte ihn anschließend hellblau. So wurde aus dem roten R4 ein hellblauer.

Ein weißer Opel Rekord

Am Montag habe ich mal wieder meine Eltern besucht. Das läuft meistens so ab: Ich bombardiere sie mit meinen aktuellen Fotos, neuerdings auch mit kleinen Storys, dann trinken wir gemeinsam Kaffee. Manchmal gibt es gleich Frühstück dazu. Je nachdem, wann ich komme.

Wir unterhielten uns diesmal über Autos. Mein Vater fragte, wie viel Kilometer wir jetzt drauf hätten, und ich schätzte so um die 3500. Dann fragte er, wie oft wir es schon gewaschen hätten. Etwas später kam meine Schwester auf einen Sprung vorbei. Gemeinsam gingen wir dann zu ihrem Auto. Plötzlich sagte mein Vater, es wäre ein tolles Gefühl, wenn lauter weiße Autos auf dem Hof stehen würden. Ich antwortete, dass unser Erstes auch weiß war, wir hatten das erste weiße Auto überhaupt. Mama meinte, dass das nicht stimmen würde; sie hätten das erste weiße Auto gehabt.

Sie erinnerte sich: Vor vielen Jahren wollte Mutters Bruder Rudi abends zum Einkaufen in den Großmarkt, und meine Mutter wollte sich dort mit ihm treffen. Da sie zu dem Zeitpunkt keinen fahrbaren Untersatz hatte, bettelte sie Papa an, ihr doch ausnahmsweise mal seinen weißen Opel zu geben. Ihr Bruder war extra von Niederissigheim zum Einkaufen in den Großmarkt gekommen. Papa sagte, er wollte ihr sein Auto nicht geben, sie würde es doch nur kaputt fahren. Sie bekam ihn dann doch noch irgendwie rum. Rudi kaufte mit seiner Frau Uschi fast den ganzen Großmarkt leer.

Anschließend wollten sie noch auf einen Sprung zu uns nach Hause kommen. Rudi fuhr vorneweg, Mama mit Papas Auto hinterher. An der Kreuzung, von wo die Autos von links aus Neu-Isenburg kommen, war es Mama gewohnt, durch den Wald zu linsen, um zu sehen ob keiner kommt. Und wenn keiner kam, wurde Gas gegeben und ab ging es - nach Hause. Mama machte es wie immer seit fünf Jahren, aber Rudi, der dieses Mal vorneweg fuhr, bremste brav am Stoppschild.

Es krachte fürchterlich. Man beschloss, die Polizei zu rufen. Als die Polizei nach Überprüfung der Führerscheine fragte, ob dies ein offizielles Familientreffen sei, sahen meine Mutter und ihr Bruder den Wald vor lauter Bäumen nicht. Es stellte sich heraus, dass im Führerschein von Mama noch ihr Mädchenname stand. Daher auch die Frage.

Nachdem mit der Versicherung alles geregelt war, beschloss mein Vater, den weißen Opel rot zu spritzen.

Ein Traum wird wahr

Als wir dieses Jahr auf Fehmarn in Urlaub waren, beschlossen wir, uns ein neues Auto zuzulegen. Das alte war zwar noch in Ordnung, aber für unseren Sohn, der immer hinten saß, eine echte Zumutung. Man konnte die Sitze im hinteren Bereich nur senkrecht stellen. Und da mein Mann es mit den Lenkpausen nicht so genau nimmt, waren die Reisen für unseren Sohn eine echte Tortur.

Wir versuchten, uns eine Broschüre über das Traumauto meines Mannes zu beschaffen. Aber im Urlaub war dies nicht so einfach. Die niederschmetternde Auskunft war, dass dieses Auto erst in acht Monaten zu bekommen sei. Wir beschafften uns Prospekte, so gut es dort möglich war. Bei einem Autohändler fand ich das perfekte Mitbringsel für unseren zweiten Sohn, einen alten VW T1 in Sparbüchsenform.

Wir genossen unseren Urlaub, sahen uns das Naturzentrum, die Kraniche und Graureiher in freier Natur und vieles mehr an. Als die zwei Wochen um waren, fuhren wir auf dem Heimweg über die Rhön auf einen Campingplatz. Dort wurde der Hänger abgestellt. Jetzt war erst einmal ein Fußmarsch fällig. Es ging in den nächsten Ort.

Auf dem Campingplatz hatte uns ein freundlicher Nachbar gesagt, wo man gut essen könne. Da wir an diesem Tag nicht nochmals Essen gehen wollten, hatten wir vor, uns diese Wirtschaft nur mal eben anzusehen. Wir fragten eine Frau aus dem Ort nach dem Weg. Nachdem wir uns draußen die Speisekarte angesehen hatten, kam diese Frau uns wieder entgegen und erzählte von einem Sängerfest, auf dem die beste Bratwurst für nur 1,20 Euro zu haben wäre. Hunger hatten wir zwar keinen, aber neugierig waren wir wohl doch. Also ab zum Sängerfest. Die Bratwurst kostete tatsächlich nur so wenig und schmeckte einfach toll. Im Laufe des Abends verspeisten wir dann noch eine Zweite und genossen auch noch das eine oder andere Rhön-Pils.

Am nächsten Tag fuhren wir unseren Sohn nach Hause. Er wollte mit seiner Pfadfindergruppe auf die Reise gehen. Wir packten also seinen Rucksack. In der Zwischenzeit ließ ich, meine beste Freundin die Waschmaschine laufen. Am nächsten Nachmittag fuhren wir unseren

Ältesten zum Bahnhof nach Egelsbach. Anschließend ging es wieder zurück in die Rhön.

Die Wirtschaft hatte an diesem Tag Ruhetag, und wir beschlossen, sie am nächsten Tag aufzusuchen. Als ich zum Waschhaus ging, las ich auf einem Plakat: Feuerwehrfest im Nachbarort. Das fand am nächsten Tag statt, wir mussten uns also entscheiden. Die Wahl fiel auf das Feuerwehrfest.

Am nächsten Tag wollten wir eine Fahrradtour machen, fanden aber den Fahrradweg nicht. Dann ging es eben schon zum Kaffeetrinken ins Feuerwehrhaus. Der Kuchen war zum Reinlegen gut. Abends gingen wir zum Feuerwehrfest und aßen … na, was wohl???

Später im Wohnwagen, wo wir noch gemütlich Fernsehen wollten, klingelte das Telefon. Es war unser Jüngster, der uns sagte, er hätte seinen Bruder abholen müssen, weil dieser sich im Lager der Pfadfinder beim Absetzen des Rucksacks verletzt hätte. Es wäre aber nicht so schlimm. Er würde ihm jetzt ein Bad einlassen und dann in die Disco gehen. Na, das klang ja äußerst beruhigend!

Wir machten uns Sorgen und wollten unseren Urlaub vorzeitig abbrechen. Nach einundzwanzig Uhr war natürlich kein Platzwart mehr anwesend. Einfach abhauen ging wohl schlecht. Aber nach Hause, um nach dem Rechten zu sehen, mussten wir so schnell wie möglich. Doch als wir losfahren wollten, war die Schrankenkarte vom Campingplatz wie vom Erdboden verschluckt. Ich sagte zu meinem Mann, wir könnten uns ja die von unserem Nachbarn kurz ausborgen, unsere würde sich bestimmt am nächsten Tag finden. Es war schon 21:30 Uhr, und die Schranke zur Nacht ging um zweiundzwanzig Uhr nach unten, Also konnten wir uns nicht lange mit Suchen aufhalten. So wurde es dann auch gemacht und ab ging es - wieder nach Hause.

Wir fuhren durch die Nacht und stürzten ins Haus nach oben.

Zum Glück war bei unserem Sohn noch alles dran, aber wir beschlossen dennoch, am nächsten Tag zum Hausarzt zu gehen. Mein Mann rief noch vor dem Frühstück dort an, um einen Termin zu vereinbaren. Der

Anrufbeantworter meldete sich, und wir bekamen die Information, dass man zur Vertretung gehen solle. Mein Mann rief dort an. Aber als man erfuhr, dass wir derzeit die Krankenversicherungskarte von unserem Sohn nicht parat hatten, sagte man uns, dass man dann leider keinen Termin bekommen könne.

Ich war dafür, erst einmal zu frühstücken. Dann rief ich selbst noch einmal bei der Vertretung an. Ich sagte, dass wir im Herbst schon einmal in der Praxis waren. Und erklärte, dass Jonas' Karte leider bei den Pfadfindern wäre, aber ich könne meine gerne als Pfand dalassen. Die nette Arzthelferin machte uns doch noch einen Termin vor dem Wochenende. Nachdem wir alles geklärt hatten, gingen wir nach der Untersuchung nachhause.

Dort setzten wir uns ins Auto und fuhren wieder in die Rhön, um den Wohnwagen zu holen. Uns war die Lust auf den restlichen Urlaub vergangen.

Eine Woche später meinte meine Mutter, dass man beim örtlichen Autohaus an die zwanzig Autos von jeder Marke auf Lager habe. Wir riefen gleich dort an und vereinbarten einen Termin für den Abend.

Nach langem Hin und Her mit meinem Mann fuhren wir ins Autohaus. Wir hatten Glück, es stand ein weißer Wagen der gewünschten Marke da. Ich hatte noch nie ein Auto dieser Marke gefahren. Also machten wir aus, dass wir einen Leihwagen zum Testen mitnehmen durften. Der freundliche Verkäufer fragte uns, was wir für unseren Alten haben wollten. Wir nannten ihm unseren Traumpreis. Das kostete ja schließlich nichts - zu träumen. Am nächsten Tag ging die Reise wieder dorthin. Unser alter Wagen war inzwischen geschätzt worden. Wir sollten doch tatsächlich unseren Traumpreis bekommen. Und der Neue war auch erschwinglich, es war also doch kein Traum.

Wir setzten einen Vertrag auf und mussten noch ein paar Tage warten, bis der Fahrzeugbrief da war.

Danach begann der Vorgang mit dem Geld abheben. Ich ging morgens auf die Bank. Da es nicht unsere Hausbank war, wollte man meinen

Pass sehen. Also lief ich nach Hause und wollte ihn holen. Da fiel mir ein, dass ich ihn ja zum Anmelden im Autohaus gelassen hatte. Aber auf meinem neuen Krankenversicherungskärtchen war ja das gleiche Foto von mir drauf. Das sollte doch genügen. Wieder zurück bei der Bank, sagten die doch glatt zu mir, so was wäre nicht gültig. Aber da ich das Konto gemeinsam mit meinem Mann hätte, dürfte ich mit ihm um vierzehn Uhr wiederkommen.

Ich kam mir vor wie ein unmündiges Kind.

Um vierzehn Uhr haben wir schließlich das Geld abgehoben, und dann unseren Sohn von der Arbeit abgeholt. Um sechszehn Uhr konnten wir endlich unser neues Traumauto in Empfang nehmen.

Allzeit gute Fahrt!

Unser neues Traumauto schlägt zu

Meistens ist mein Kopf schneller als meine Hände, doch dieses Mal war es wohl andersrum. Am Montag habe ich meinem Kaufrausch gefrönt, was in etwa so aussah:

Bei Lidl drei Jeans in Mittellänge kaufen, das Stück für 7,99 Euro. Dann zwei Unterschranklampen, eine weiß, eine grau, Danach Rindswürstchen, Käsewürstchen, Salat, Früchte, Joghurt, Eiweißbrot kaufen. Bei Penny Naturjoghurt und noch eine Jeans, 3/4 lang. Bei dm nach dem Fotokalender für meine Fotogruppe „Fotografieber" fragen. Leider noch nicht da. Bei toom die Rieseneinkaufsliste für den Großvater erledigen.

Noch mal eben schnell bei Susanne vorbei, dann nichts wie nachhause bei dieser Hitze. Dort die Hosen anprobieren. Oh Mist, die von Penny ist viel zu eng. Mal eben schnell in die von Lidl schlüpfen. Passt, ist aber leider oben zehn Zentimeter zu kurz geschnitten. Da guckt ja der ganze Bauch raus. Das geht gar nicht. Heute noch Umtauschen bei der Hitze? Nö, mache ich am Donnerstag, da muss ich eh wieder los. Wegen Schlauch für den Garten und Küchenradio mit CD-Player für den Wohnwagen.

Mittwoch - 15:00 Uhr: Es klingelt. Die Post. Ein Päckchen für mich. Ah, das bestellte Leinwandbild in 40/60. Aber oh Schreck, das sieht vielleicht blöd aus. Letztes Jahr war das in einer ganz und gar anderen Qualität. Das geht absolut nicht, das muss ich zurückgeben.

Morgen starte ich einen Einkaufsrückgabe-Marathon.

Donnerstag - 06:00 Uhr: Aufstehen und die kühle Luft ins Haus lassen. Dann Frühstück mit meinem Sohn. Um acht Uhr mal eben schnell in den Lidl rennen, Leergut abgeben. Geldrückgabe für die Jeans und die Lichtleiste in Weiß. Dann den Schlauch für den Garten kaufen und ein paar hoffentlich rutschfreie Söckchen für Qigong besorgen. Den Einkaufswagen wieder wegbringen und schnell noch zum Lidl-Bäcker, ein Eiweißbrot kaufen. Alles ab ins Auto. Die Fahrertür mit zu viel Schwung aufgemacht. Oh Mist, da hätte ich mir doch beinahe das Auge ausgeschlagen. Es tut höllisch weh, aber jetzt habe ich keine Zeit für sowas. Ausparken und ab zu dm nach Egelsbach. Da ich die Verkäuferin, Frau Müller, noch aus der Schulzeit meines Sohnes kenne, schildere ich ihr schnell die Problematik mit dem Leinwandbild, und dass ich es auf keinen Fall nehmen werde. Sie ruft auch gleich im Labor an. Die sagen, ich müsse eine E-Mail schicken und solle das Leinwandbild wieder mitnehmen.

Was für ein Glück, mein Kalender ist endlich da. An die Kasse, bezahlen und ab zu Aldi. Heute gibt es das Küchenradio mit CD-Player. So, jetzt muss ich noch in den toom-Markt, Wurst holen, da unser Metzger Urlaub hat. Nichts, aber auch gar nichts ist mehr an Wurst da. Die sollte doch für meine drei Männer sein! Endlich zu Hause. Mal eben unsere Fotogräfin anrufen, um zu fragen, was die zu dem Leinwandbild meint. Sie gibt mir wie immer ein paar tolle Tipps. Mit unserem jüngsten Sohn Mittagessen. Ihm zuhören, er hat sich eine neue Querflöte bestellt. Ich versuche es mit der E-Mail, aber dann rufe ich doch besser an. Eine Französin erklärt mir in schlechtem Deutsch, dass ich das Leinwandbild, wenn ich es wirklich nicht haben möchte, ins Labor schicken müsse. So ein Quatsch, wenn man keine Arbeit hat, kann man sich ja welche machen.

Das war ein kleiner Tagesausschnitt von einer Frau, die angeblich nichts zu tun hat – außer Fotografieren, Haus putzen, für uns und den Großvater einkaufen, zuhören, wenn es anderen mal nicht so gut geht, für die Familie sorgen, Kochen, Chauffeur spielen, Fotobücher erstellen, nebenbei ein paar kleine Geschichten schreiben, den Garten gießen und seltene Pflanzen vor dem eigenen Mann schützen.

Teil zwei:

Ich war heute mit meinem Mann im Computerzentrum Langen bei einer tollen Filmschau von Werner. Eigentlich wollte ich nur einen kurzen Zwischenstopp einlegen, denn ich wollte um 18:00 Uhr noch einen Termin bei einem Autorentreffen in Frankfurt wahrnehmen Aber wegen der unerträglichen Hitze haben wir es ausfallen lassen. Das tat mir echt leid. Ich verschiebe dieses Treffen nun schon ewig. Außerdem wollte ich bei der Gelegenheit auch neue Kunden für unseren Kalender ranziehen. Da fragte mich Marianne, nachdem ich ihr das mit meinem Auge erzählt hatte, wie es denn an diesem Tag weiter gehen soll. Also habe ich mich heute noch mal hingesetzt und einfach weitergeschrieben. Rufe meinen Mann an, der sagt, ich soll mir Eis aufs Auge legen und mich schonen. Nur noch schnell die Wasserkästen und Leergutflaschen aus unserer Garage holen und in die Garage von Steve stellen. So kann er ausnahmsweise mal Wasser holen. Also ab in den Keller, ein kleines, blaues Eis-Pad holen, in ein Küchenhandtuch wickeln und unter das Auge legen. Mich aufs Bett werfen. Mann, ist das langweilig, das geht gar nicht. Mal eben die E-Mails lesen und beantworten, jetzt könnte ich doch noch schnell eine kleine Geschichte schreiben. Daraus werden dann vier. Eine Hand mit dem Eisbeutel, die andere muss halt mal alleine schreiben.

15:00 Uhr - mein Mann kommt nach Hause. Da ich beim Lidl-Bäcker leckeren Käsekuchen gekauft habe, machen wir jetzt erst mal Pause und trinken eine Tasse Kaffee. Steve kommt von oben herunter. Ich sage ihm, er soll den Anrufbeantworter abhören, weil dieser schon den ganzen Mittag blinkt. Er macht das auch und erfährt so, dass seine Querflöte angekommen ist. Nach einer kleinen Diskussion mit mir, setzt er sich mit seinem Papa ins Auto, um das Instrument abzuholen.

16:05 Uhr - Jonas kommt nachhause. Ich bitte ihn, alleine Kaffee zu trinken und fahre zur Post. Ich muss das Leinwandbild unbedingt noch heute zurückgeben. Als ich endlich am Schalter an der Reihe bin, fällt mir ein, dass ich ganz vergessen habe, den Karton zuzukleben. Ich frage die nette Verkäuferin, ob sie das ausnahmsweise für mich machen könne. Diese erklärt sich gegen Bezahlung dazu bereit. Da ich so eine Wut auf die schlechte Qualität des Bildes habe, möchte ich es am liebsten unfrei zurückschicken. Aber sie erklärt mir, dass dies teuer werden kann. Normal kostet es 5,80 Euro. Gebe ich es unfrei auf, und die nehmen es vielleicht nicht an, kostet es 10,00 Euro. Ich bezahle also die 5,80 Euro und 20 Cent fürs Zukleben. Dann frage ich, ob ich noch schnell den Postkartenständer ansehen darf. Natürlich dürfe ich, und ich finde auch gleich noch drei entzückende SW-Postkarten mit Spruch. Bezahle sie gleich und nehme sie mit. Die Verkäuferin meint, solche netten Kunden dürften ruhig öfter kommen.

Draußen steige ich wieder ins Auto, entferne die Parkscheibe und fahre nachhause. Jonas ist inzwischen mit dem Kaffee fertig. Ich schicke ihn erst mal unter die Dusche.

18:00 Uhr - mein Mann und Steve sind zurück. Ich verschwinde in der Küche, putze Salat, mache ihn an. Jetzt noch die Bratwürstchen in die Pfanne und für vier Leute Tisch decken. Unser Sohn hat vergessen, den Vogelkäfig sauber zu machen. Wozu auch noch eine Runde fliegen lassen für die Vögel gehört. Also wird dies auch noch gemacht.

20.00 Uhr - normale Menschen sehen jetzt gleich die Nachrichten und anschließend vielleicht noch einen Film. Aber ich muss noch mein Fotobuch fertig machen und die Bestellung abschließen.

Ich habe viele nette Leute im Bekanntenkreis, zu denen gehören auch Arbeitskollegen meines Mannes und Freundinnen von früher. Die gehen den ganzen Tag arbeiten, werden dafür von ihrem Chef bezahlt und haben Anspruch auf eine Rente. Die fragen laufend, was ich so den ganzen lieben langen Tag machen würde. Und ob mir nicht langweilig sei. Bei solchen Fragen ist mir plötzlich, als hätte ich ein Brett vor dem Kopf. Mir fällt nichts ein, was ich dazu sagen könnte. Ich denke dann: „Keine Ahnung, meine Lieben, nicht die Bohne."

Die erste Handwäsche

Nachdem wir uns nach unserem Urlaub ein neues Auto zugelegt hatten, sagte mein Vater, ich wäre ein Ferkel, weil ich es schon dreimal getankt, aber immer noch nicht gewaschen hätte. Mein Mann und ich beschlossen also, es an diesem Samstag zu waschen. Wir besorgten uns einen neuen Schwamm, und dann hätte es eigentlich losgehen können.

An diesem Wochenende hatten wir auch Feuerwehrfest, und ich hatte am Morgen per E-Mail Siguna, Olaf und Simon zum Grillen eingeladen. Dann musste ich feststellen, dass wir inzwischen gar keinen Grill mehr besaßen. Wir fuhren erst zu Penny, dann zu dm und anschließend zu Reimo, um einen Grill zu besorgen. Der wurde gleich bezahlt, dann sollten wir ihn im Lager abholen.

Mein Mann hat das sicherlich schon Hundertmal gemacht und wusste also ganz genau, was zu tun war. Er ließ den freundlichen Verkäufer wieder mal nicht ausreden. Wir stiegen schnell ins Auto und fuhren zum Lager. Es war noch zu und einige andere Käufer gingen verzweifelt auf und ab. Für uns galt, nur keine Zeit vergeuden; wir konnten ja derweil das Auto waschen.

Bei der Handwaschanlage waren wir zwar noch nie gewesen, aber so schwer würde es schon nicht sein. Ich las die Waschanleitung, dann warf ich 50 Cent ein. Wasser und Schaum kamen aus der Düse. Ich persönlich hätte erst mal nur klares Wasser genommen, Aber das seien unnotwendige Kinkerlitzchen, meinte mein Mann. Er wollte schon abbrechen. Dann fing er auch noch an rumzumotzen, weil das Auto nicht gleich sauber wurde. Wir spülten schließlich auf meinen Wunsch noch mal klar nach. Auf jeden Fall behauptete er, das Fensterleder wäre im Auto. Ich sagte, dass es in der Garage im Regal liegen würde. Zum Glück hatte ich vorsorglich noch eine Rolle Küchenpapier eingepackt.

Wir fuhren mit dem nassen Auto zurück ins Reimo-Lager. Ein Kunde klingelte ein Stückchen weiter am nächsten Tor. Tatsächlich kam da ein Verkäufer heraus. Als wir an der Reihe waren, sagte er, er wolle den Grill schnell aus einem anderen Lager holen. In der Zwischenzeit rieb ich das ganze Auto mit der Küchenrolle trocken. Es hatte natürlich inzwischen Wasserflecken ohne Ende. Nach ungefähr, zehn Minuten kam der Mann endlich mit unserem Grill. Wir fuhren nach Hause, ausnahmsweise einmal ohne den Baumarkt vorher besucht zu haben.

Die Spiegel

Da Freitag mein Fotokurs anstand, mussten meine Männer ohne mich auskommen. Mein Mann meinte wohl, er müsse vorher mal kurz mit dem Motorrad nach Offenbach fahren, um sich Lederfett und ein neues Visier zu besorgen. Er setzte sich also aufs Motorrad und ab ging die Fahrt.

Im Laden erfuhr er, dass das Visier erst bestellt werden müsste, und dann noch etwa zehn Wochen Lieferzeit hinzukämen. Als er aus dem Laden kam, sah er den Wohnwagenhändler gegenüber. Da könnte man ja schnell noch mal nach Außenspiegeln sehen. Der freundliche Verkäufer sagte, es wäre nur noch ein Paar passend zum Wagen da. Also wurden diese gekauft und schnell im Rucksack verstaut. So gut es eben ging, wobei die Spiegel etwas herausschauten. Da fiel meinem Mann ein, dass er das Lederfett im Motorradladen zwar bezahlt, aber noch nicht mitgenommen hatte. Also ging er noch mal zurück.

Er fuhr zurück auf die Autobahn. Kurz darauf sah er etwas hinter ihm blinken. Er blinkte ebenfalls und fuhr rechts auf den Standstreifen. Dort stellte er fest, dass er wohl die Rechnung verloren hatte. Zwischen Frankfurt und Sprendlingen durchsuchte er hektisch seinen Rucksack und bemerkte, dass er auch die Spiegel fast verloren hätte. Er nahm sie auf den Schoß, klemmte sie unter die Ellenbogen, und plötzlich ging es nur noch sehr langsam weiter. Alle zwei Kilometer hielt er an und überzeugte sich, dass die Spiegel noch an Bord waren. Wie durch ein Wunder kam er heil zuhause an. Fix und fertig sank er auf seinen Sessel.

Am nächsten Tag holte er den Wohnwagen von der Inspektion. Die Spiegel passten perfekt, genau wie der freundliche Verkäufer gesagt hatte. Nur sehen konnte man so gut wie nichts. Also, aus Zwei mach Eins: Die alten Spiegel wurden mit den Neuen vereint, was relativ einfach war, weil diese noch eine Drehkugel besaßen. Somit waren wir jetzt gut für die nächste Tour gerüstet.

Allerdings hätte man sich diese Arbeit auch sparen können, wenn man die graue Folie zuvor entfernt hätte!

Die Reifenpanne

Während mein Mann Brötchen holt, begebe ich mich ins Bad, Zähne putzen und so weiter. Da klingelt das Telefon. Jonas geht dran, es ist Marianne. Sie fragt, ob sie mich geweckt hat. Kann man nicht sagen, antworte ich, aber wach ohne Kaffee ist was anderes.

Sie fragt, ob ich Lust hätte, heute Morgen mit ihr zu den Stangenpyramiden zum Fotografieren zu fahren. Lust hätte ich schon, aber wir haben meinem Bruder einen längst fälligen Besuch versprochen. Das kann sie verstehen. Ich wünsche ihr gutes Licht und viel Spaß.

Nachdem wir gefrühstückt und unsere Siebensachen gepackt haben, fahren wir eben noch zu dm, die bestellten Bilder abholen.

Ich brumme vor mich hin. Das Auto macht so ein komisches Geräusch, als wenn ein Reifen platt wäre. Ich sage zu meinem Mann, es wäre mir lieber, die Luft zu kontrollieren, als am Ende irgendwo in der Pampa zu stehen. Oder gar auf der Autobahn einen Reifen zu wechseln, so wie vor ein paar Jahren bei unserem Caddy.

Wir fahren an die Tankstelle zum Luftdruckmessen Da hat sich ein Autofahrer dermaßen blöd hingestellt, dass drei Parkplätze blockiert sind. Wir steigen aus. Mein Mann geht ums Auto und schaut sich die Reifen erst mal an. Plötzlich ein Schrei: „Oh Scheiße, warum wir schon wieder." Der Mann mit dem ungünstig geparkten Auto meint, wir hätten seine Kiste angefahren. Behauptet, an seinem Auto wären weiße Streifen von unserem Wagen. Mein Mann erklärt ihm, dass sein Auto mal gewaschen werden müsste, das wäre eindeutig Salz.

Wir beschließen nach Hause zu fahren, um einen Reifen aufzuziehen. Nachdem die Radkappen ab sind, stellen wir fest, dass ein Sicherheitsschloss am Rad ist. Ich rufe meinen Bruder an, "unser lebendes Auto", und sage, dass es etwas später werden wird. Und frage, wo sich der Schlüssel befinden könnte. Ich bekomme sofort die Antwort. Also Werkzeug ausgepackt, Reifen gewechselt. Wir stellen fest, dass das Auto schief steht. Also wechseln wir hinten beide Reifen. Mit zwanzig Minuten Verspätung und zwei Winter- und zwei Sommerreifen starten wir. Erst geht es zu meinem Bruder, dann zu meinen Eltern. Die haben ihren Fernseher abgehängt, weil sich ein Kabel verklemmt hat. Und natürlich - wie immer - niemanden um Hilfe gebeten haben. Meine Schwester, ihr Mann und ihre Kinder kommen auch noch.

Später beschließen wir, den kaputten Reifen zum Händler zu bringen und einen Neuen zu bestellen. Da sagt meine Schwester, in Schafheim hinter der Tankstelle, wäre ein Reifenhändler, der würde so was für fünfundzwanzig Euro reparieren. Auf dem Heimweg fahren wir bei der Tankstelle vorbei. Die ist natürlich schon zu, aber ein Mann im Arbeitsanzug läuft dort im Hof herum. Ich mache ihn lautstark auf uns aufmerksam und spreche ihn dann an. Wir geben den Reifen ab. Am Montag werde ich dort anrufen, bis dahin bleibt das Auto stehen. Wir haben nämlich erfahren, dass man im Falle einer Panne, neben den Winterreifen nur einen einzigen Sommerreifen benutzen darf.

Ein ganz normaler Montag

Diese Woche startet mit drei Zahnarztterminen. Montag, 11:00 Uhr, Kieferorthopädin für mich, Dienstag Kontrolle in Offenthal für meinen Sohn und mich, Mittwoch Zahnreinigung für meinen Sohn.

06:00 Uhr: Ich höre den Wecker nicht, mein Mann geht zur Arbeit.

06:45 Uhr: Das Telefon klingelt, ich greife im Tiefschlaf danach. Es ist unser Jüngster, der bei seiner Freundin übernachtet hat. Er sagt: „Mama, ich habe heute Morgen eine Präsentation und mein schwarzes Hemd vergessen. Kannst du es mir bitte in die Schule nach Darmstadt bringen?" Noch ziemlich verschlafen frage ich, bis wann ich es bringen soll und ob er es denn gebügelt hat. Nein, gebügelt hat er es natürlich nicht. Das heißt für mich sofort aufstehen, bevor mein Wecker auf die Idee kommt, nochmal zu klingeln. So ein Mist, heute wollte ich die Betten überziehen und das Haus putzen. Alles vor elf Uhr, da habe ich ja meinen Zahnarzttermin.

Ich stürze ins Bad und habe Glück, es ist ausnahmsweise mal frei. Es folgt eine Katzenwäsche, dann ziehe ich das Nachthemd aus und frische Unterwäsche, Leggins, Socken und Sweatshirt an. Nun erst mal zwei Espressi trinken. So, jetzt sind die Augen schon mal auf. Ich gehe gleich in den Keller, die Waschmaschine ausräumen. Das hatte ich mal wieder vergessen. Als nächstes heize ich das Bügeleisen auf und ziehe das Hemd aus dem Stapel Bügelwäsche. Ich greife nach dem mittlerweile heißen Eisen, da fliegt es zu Boden und zerbricht in zwei Teile. Ist jetzt nicht mehr so wichtig. Als ich es flüchtig zusammensetze, stellte ich fest, dass es noch funktioniert. Richtig zusammensetzen werde ich es später.

Nachdem das Hemd gebügelt ist, ziehe ich mich fertig an. Was für ein Glück, dass unser Ältester schon so selbständig ist. Ich stürze nach oben, schreibe mir die Adresse der Schule auf und bitte meinen Ältesten, mir die Telefonnummer der Zahnärztin aufzuschreiben. Sicher ist sicher. Falls es später werden sollte, möchte ich lieber Bescheid sagen. Ich verabschiede mich und gehe zum Auto. Da fällt mir siedend heiß ein, dass nicht mehr viel Benzin im Tank ist. Egal, dafür ist jetzt keine

Zeit. Ich starte den Motor und fahre los. Vor Darmstadt ist Stau. An der Ampel stelle ich das Navi ein, weil ich ja nicht mehr so genau weiß, wo die Schule ist. Bei den Baustellen auch kein Wunder. Eine Ampel nehme ich bei Rot. Es ist aalglatt, ich bin gerade so darüber gerollt. Um 08:15 Uhr klingelt mein Handy; meine Handtasche mitsamt dem Gerät liegt natürlich auf dem Rücksitz.

Endlich ein Stück freie Strecke, aber keine Möglichkeit zu halten. Erst in Darmstadt bei der nächsten roten Ampel schnalle ich mich los und mache den Warnblinker an. Ich will gerade aus dem Auto springen, da rollt es los. Von wegen, die Handbremse funktioniert. Ich trete erneut auf die Bremse, versuche auszusteigen, aber es rollt einfach weiter. Noch einmal bremsen. So, jetzt reicht es! Ich drehe mich um und hole mit dem Fuß auf der Bremse die Handtasche nach vorne.

An der nächsten Ampel rufe ich meinen Sohn zurück. Der will mir nur mitteilen, dass er im Stau steckt und später kommt. Ich biege um die letzte Rechtskurve und stehe vor dem Eingang der Schule. Es ist 08:15 Uhr. Natürlich gibt es um diese Zeit weit und breit keinen Parkplatz. Ich stelle mich auf den Bürgersteig vor eine Doppelgarage, rufe meinen Sohn an und sage ihm, dass ich da bin. Er steckt noch immer im Stau. Meint, dass er sich meldet, wenn er in der Nähe ist. Um neun Uhr ruft er erneut an, jetzt sei er beim Parkhaus angelangt. Fünf Minuten später steht er vor mir. Ich überreiche ihm das Hemd, sage viel Glück und fahre zurück. Da ist es mittlerweile 09:30 Uhr, und ich beschließe, gleich zu meinem Zahnarzttermin durchzustarten.

Unser Auto braucht DEKRA

Montag, elf Uhr: Treffen am Altstadtbrunnen in Langen. Es ist Äppelwoifest. Unsere Fotografieber-Gruppe darf da nicht fehlen. Wo kann man sonst für zwei Euro Langen von oben sehen, außer vom Riesenrad? Das Dumme ist nur, ich habe so einen Schiss. Die Höhe ist nicht so mein Ding. In geselliger Runde trinke ich erst mal ein Glas Äppelwoi. Mit meinem Fotoapparat bewaffnet steige ich in die Gondel des Riesenrads. Sie schwankt zwar ein wenig, aber dafür ist meine Angst fast weg. Ich schaue durch den Gucki. Augenblicklich lässt mein Zittern nach, und ich knipse drauflos.

Vor dem Urlaub haben wir uns einen Termin bei VW in Neu-Isenburg geben lassen. Dienstag um 08:30 Uhr.

Dienstag, 06:30 Uhr: Nach dem Aufstehen frühstücke ich mit meinem Sohn. Dann füttert er wie jeden Morgen die Vögel und die Fische und verlässt das Haus. Jetzt ist die Reihe an mir: Anziehen, Papiere einpacken, Schlüssel in die Hand und ab zum Auto. Es ist acht Uhr. Und nun fängt es an: Unser lieber Nachbar zur Linken steht mit seinem sieben Meter langen Wohnmobil fast vor unserer Garageneinfahrt. Näher geht nicht!

Unsere Nachbarin zur Rechten hat ihr Auto wie meist vor der Garage geparkt. Heute, wie sollte es anders sein, extrem weit links. Hinter unserer Garage stehen ebenfalls drei Autos auf dem Platz vor den Garagen. Das i-Tüpfelchen ist der schwarze Kombi, der sich in der Kurve vor den Bordstein gestellt hat. Das heißt für mich erst mal Lenkrad kurbeln bis zum Abwinken. So, jetzt könnte ich noch mal duschen! Na, so kann man auch warm werden. Dann raus aus dem Vogelviertel und ab auf die Autobahn.

Um 08:25 Uhr parke ich vor der Werkstatt. Bei den Lackierern kann ich nicht parken! Weit und breit kein Parkplatz in Sicht. Der nette Lackierer schickt mich um die Ecke, ich soll neben der Wagenannahme parken. Also rückwärts raus, zweimal links um die Ecke. Mist, neben der Wagenannahme steht ein gelber Sprinter, auf der anderen Seite ein VW-Bus. Aber ich könnte ja zwischen ihnen durchfahren, denke ich mal eben schnell. Ich setze meinen Blinker und will durch die Lücke auf den Parkplatz fahren. Da fährt der Sprinter einfach los und kommt rückwärts auf mich zu. Auf einmal steht die Welt still, in Zeitlupe sehe ich den Wagen auf meine Fahrertür zukommen. Im ersten Moment bin ich wie gelähmt!

Mist, vor exakt fünfzehn Jahren hatte ich genau diese Situation schon einmal. Langsam erwache ich aus meinem Schockzustand. Okay, das ist eine Ausnahme für Hupen in der Stadt. Beim ersten Hupen fährt der doch einfach weiter, beim zweiten bleibt er kurz stehen, und dann fährt der doch glatt wieder an, kommt langsam auf meine Fahrertür zu. Das bewirkt bei mir den Reflex, fünfmal kurz hintereinander auf die Hupe zu hauen. Er hat es gefressen und bleibt endlich stehen.

Ich schlängle mich durch die enge Einfahrt zwischen dem VW-Bus und dem Sprinter durch. Glück gehabt. Wäre der Ochse nicht stehen geblieben, wäre ich jetzt platt wie ein Pfannkuchen.

Ich fahre links um die Ecke, wie empfohlen. Da stehe ich vor Werkstatttüren. Weit und breit kein freier Parkplatz! So langsam werde ich panisch. Ich steige aus und frage jemanden, ob ich mein Auto so lange vor der Reifenwand stehen lassen darf, bis ich mich angemeldet habe. Man antwortet mir, dass es im Prinzip kein Problem wäre, nur sollte ich etwas mehr links an die Wand fahren. Das mache ich auch gleich. Dann gehe ich zur Anmeldung und sage, dass ich um 08:30 Uhr einen Termin habe. Ich werde zu einer Sitzgruppe mit Kaffeebar geschickt und soll mich noch ein wenig gedulden.

Ich mache mir einen Espresso. Nachdem ich diesen gemütlich getrunken habe, gehe ich nochmals an den Empfang und frage dort die Dame, ob ich ihr den Schlüssel dalassen darf. Äußerst pikiert schaut sie mich von unten bis oben an und sagt: „Natürlich, wenn Sie keine Werkstattbesprechung möchten!" Davon habe ich noch nie etwas gehört! Das macht mich neugierig. Ich beschließe, mir das mal in Ruhe anzuhören. Also noch mal eine Viertelstunde warten, dann kommt ein netter Herr und holt mich ab. Er erklärt mir, dass die Bremsflüssigkeit gewechselt werden muss. Dann fährt er unser Auto auf die Hebebühne und wir schauen es uns von unten an. „Oh Schreck, das ist ja unten total verrostet", sage ich. Aber als ich nachhake, stellt sich heraus, dass nur die Schweller von unten rostig sind. Also falscher Alarm. Der Herr sieht sich die Behälter mit der Ausgleichsflüssigkeit an und meint, dass die Klimaanlage aufgefüllt werden sollte. Außerdem fragt er, ob ich Öl dabeihabe. Dann füllt er den fehlenden halben Liter Öl auf und erklärt mir genau, wie man den Behälter halten muss. Dass man, wenn möglich, nie zu viel oder zu wenig Öl auffüllen sollte, da beides dem Motor schade. Und wie man die Flasche hält, damit kein Tropfen verloren geht und man keinen Lappen zum Abtrocknen braucht. Danach darf ich noch drei Unterschriften leisten und bin vorerst entlassen.

Ich habe zwei Stunden Zeit, allerdings bin ich ohne Handy unterwegs. Das habe ich in der Eile zu Hause vergessen. Im Stillen denke ich: „Machen wir das Beste daraus und gehen genussvoll Shoppen!"

Ergänzung:

Ich laufe in flimmernder Luft, bei 39 Grad im Schatten versteht sich. Eineinhalb Kilometer bis in die Innenstadt. Das dritte Geschäft auf der linken Seite hat T-Shirts im Angebot. Die könnten farblich zu meinem Netzpulli aus Italien passen. Ich betrete den Laden. Gut, der hat eine Klimaanlage, hier bleibe ich.

Ich probiere so etwa ein Dutzend T-Shirts und kurze Kleider an, die man über eine 3/4 langen Jeans tragen kann. Dann bezahle ich meine „fünf Schnäppchenteile", die ich mir ausgesucht habe. Auf der Frankfurter Landstraße gehe ich noch ein wenig in Richtung Isenburg-Zentrum.

In einer Schneiderei mit Reinigung probiere ich noch zwei leichte Netzjacken an. Die passen aber nicht. Ich komme mir vor wie ein Preisboxer. Mittlerweile würde ich alles für ein Eis liegen und stehen lassen. Ich stelle mir einen Erdbeerbecher mit Sahne vor, oder einen Eiskaffee. Mhhh, lecker. Dann beschließe ich, so langsam wieder zur Werkstatt zurück zu schlendern. Da ich so viel Zeit verbummelt habe, kann ich das Eis vergessen. Den Schatten auf der anderen Straßenseite nutzend, schleiche ich müde und durstig zurück. Ich freue mich auf eine kühle Flasche Wasser, die ich am Morgen neben dem Kaffeeautomaten gesehen hatte. Durch die Schiebetür betrete ich den Empfangsraum, da werde ich auch schon begrüßt und man teilt mir mit, dass mein Auto fertig sei. Was bleibt mir anderes übrig, als zu bezahlen und mich zu bedanken.

Ich steige ins Auto, das startbereit in der Ausfahrt steht und biege links ab zur Ampel. Als es grün wird, fahre ich halb verdurstet los. Auf einmal hupt es, ich habe dem Herrn im blauen Audi doch glatt die Vorfahrt genommen! Ich lasse mich nicht aus der Ruhe bringen, ab auf die Autobahn und endlich nach Hause. Ich stelle das Auto ab, gehe in die Wohnung, stürze mich auf den Wasserhahn und trinke genussvoll zwei Gläser eiskaltes Leitungswasser.

Noch ein Gag:

Zwei Tage später ruft eine nette Dame von VW an und fragt mich, ob ich mit dem Service zufrieden war. Meine Antwort lautet: „Sehr zufrieden." Sie will wissen, ob ich etwas verbessern würde. Da sage ich ehrlich: „Mehr Parkplätze wären eine gute Idee." Die Dame bedankt sich und ich lege auf.

Freitagmittag, mein Mann ist schon zu Hause. Das Telefon klingelt. Er geht ran, scheint sich köstlich zu amüsieren und gibt an mich weiter. Der nette Werkstattmann ist dran und erklärt mir, dass sie an einem landesweiten Wettbewerb teilnehmen, wer den besten Service macht. Er will wissen, ob ich meine Meinung, wenn ich sehr zufrieden war, von sehr zufrieden in äußerst zufrieden ändern könne. Und das mit den Parkplätzen wäre schon in Arbeit. Ein wenig erschrocken willige ich ein. Eigentlich gibt es für mich nichts Besseres als sehr zufrieden. Schmunzelnd begreife ich: Im 21. Jahrhundert bedeutet dies wohl äußerst zufrieden!

Hausaufgaben Schreibübungen

Highlight

In diesem Mai sollte ich siebzehn Jahre alt werden. Nun war Februar. Faschingszeit. Darauf hatte ich keinen Bock. Wie können die Menschen sich nur so gehen lassen? Die meisten saufen sich die Kutte voll und wissen dann angeblich nicht mehr, was sie angestellt haben. Der Alkohol wird als Entschuldigung angegeben. Wie primitiv, damit hatte ich nichts am Hut.

Am Donnerstagabend rief Irmgard an und erzählte, dass Hannelore und Heinz erkrankt waren und deshalb nicht beim Faschingsball mitmachen können. Sie bräuchten aber unbedingt noch ein siebtes Geißlein und fragen mich, ob ich einspringen könnte. Ausgerechnet mich! Aber da mein Freund beim Bund war und er an diesem Faschingswochenende Ausgangssperre hatte, war ich über diese Abwechslung zum Schluss doch ganz froh.

Auf dem Land war ich in einer Wochenend-Clique, wo immer was los war. Freitagabends gingen wir meist Essen, und dabei wurde auch das eine oder andere Bierchen gebechert. Samstags ging es immer in irgendeine Disco. Wir tanzten die Nächte durch, dabei wurde es meist früher Morgen bis wir in die Betten kamen.

Für die Mädels war Fasching das totale Highlight. Sie hatten sich wie jedes Jahr ein Märchen ausgesucht. Dieses Mal war es „Der Wolf und die sieben Geißlein". Dafür hatten sie schon wochenlang Stoffe ausgesucht und Kostüme genäht. Und jetzt sollte ich das siebte Geißlein sein, was für mich absolutes Neuland war!

Nachdem wir uns in Schale, vielmehr eher in Felle geworfen hatten, fuhren wir nach Michelstadt auf den Feuerwehrball. In geselliger Runde leerte ich eine halbe Flasche Apfelkorn. Sonst trinke ich nie, deshalb wurde mir auf einmal etwas schummrig und fürchterlich übel. Auf den

Rat von Edith aß ich eine trockene Scheibe Brot und trank einen Schluck Wasser. Nach einer Weile ging es mir schon wieder etwas besser. Edith erzählte uns, dass Toni ihr einen Heiratsantrag gemacht habe. Wir wünschten ihr viel Glück. Irmgard warnte sie aber gleichzeitig. Sie war der Meinung, dass man einen solchen Mann nie alleine haben könne. Im Vertrauen erzählte sie mir, dass Toni ihr vor einem halben Jahr auch ein solches Eheversprechen angedeutet habe.

Warum flirtete er jetzt so intensiv mit mir? Von wegen „so ein großes, schlankes Geißlein würde er auch gerne mal verputzen". Dann machte ihr Zukünftiger mir doch glatt auch noch einen Antrag! Jetzt war aber Schluss mit lustig! Ich war sowas von sauer.

Der Wolf, der die ganze Zeit neben mir gesessen hatte, lud mich zum Tanz. Hallo, ich war zwar eine Großstadtpflanze, aber Tanzen konnte ich gar nicht! Höchstens in der Disko, mehr oder weniger alleine, um keinem auf die Füße zu treten. Was soll's, Augen zu und durch!

Plötzlich wurde es ganz still. Ein Mann mit der Figur eines griechischen Gottes, muskulös, schlanke Taille, breite Schultern, bahnte sich durch die Menge und kam direkt auf mich zu. Er war als gestiefelter Kater verkleidet. Wir schauten uns in die Augen, seine waren dunkelbraun mit lustigen gelben Tupfen, die mir seltsam vertraut waren. Seine Blicke schienen mein Kostüm zu durchbohren und wanderten von meinem Kopf bis zu den Füßen. Ich kam mir auf einmal nackt vor, wie ein frisch geschorenes Schäfchen. Mit einem Mal hatte ich Knie aus Pudding, das Herz schlug mir bis zum Hals. Mein Gesicht war bestimmt rot wie eine Tomate.

Da ich etwas zu groß und zu schlank geraten bin, stand ich auf einmal im Mittelpunkt! Ausgerechnet ich, das Mauerblümchen, Der hässliche, graue Schwan wurde in dieser Nacht umschwärmt wie eine Bienenkönigin. So viel geflirtet, wie in dieser Nacht, hatte ich im ganzen Leben noch nicht. Mit dem Wolf konnte ich sogar auf einmal tanzen, als hätte ich eine Tanzschule besucht. Ich tanzte von einem Arm in den anderen, die ganze Nacht hindurch.

Um Mitternacht kam der gestiefelte Kater abermals auf mich zu, dann wurden die Masken gelupft! Da stand ER auf einmal vor mir, und mich traf fast der Schlag … von wegen Ausgangssperre.

Mein Freund der Baum

Es war Liebe auf den ersten Blick, wie man so schön sagt! Das Haus hatte drei Schlafzimmer im ersten Stock, genau so, wie wir es uns vorgestellt hatten. Vorher hatten wir schon neunundvierzig Häuser angeschaut, in jedem Alter und auch in so einigen Preisklassen. Dies hatte auch sein Gutes. Die Makler konnten uns jedenfalls keinen Bären mehr aufbinden: Von wegen erst zehn Jahre alt, wenn der Estrich ein Sandboden war. Oder 500 Quadratmeter Grund, aber nur eine kleine Terrasse am Haus, und den Garten konnte man mit der Lupe suchen. In den 50er Jahren erbaut, wenn es ein jahrhundertealtes Kellergewölbe hatte. Oder eine Tapete mit Blümchenmuster – bei dem Geruch hätte ich eher auf Schimmel getippt. Drei Schlafzimmer, zweihundert Quadratmeter Wohnfläche – hatte der Makler vielleicht eher Zentimeter gemeint? In einem Puppenhaus war ja mehr Platz! Über solcherlei Kleinigkeiten könnte ich einen ganzen Roman schreiben.

Heute weiß ich auch nicht mehr, wie wir die ganzen Termine zum Anschauen mit zwei kleinen Kindern auf die Reihe gebracht haben.

Doch dann fanden wir das geeignete Haus. Das Grundstück lag direkt an einem Bächlein und hatte die Form eines schrägen, eingedellten Dreiecks. Der Garten war wildromantisch, böse Zungen würden behaupten „verwildert". Woran sich bis heute nichts verändert hat. Im Keller roch es nach Moder - das kam vom Schornstein, der blühte. Die Innenräume waren total verqualmt. Schon eklig, wenn man selbst in der Wohnung keinen Raucher duldet. Der Preis für diese Räucherhöhle war dermaßen unverschämt, dass wir uns noch sechs Monate lang sehr gründlich überlegten, ob wir das Haus tatsächlich kaufen wollten. Also zogen wir im letzten Jahrhundert auf Probe in einen völligen unfertigen Rohbau. In diesem hatten wir alles entfernt, was nicht niet- und nagelfest war. Ende Mai war es dann so weit, alles war fertig. Zum Glück bin ich mit einem Handwerker als Mann gesegnet, der meine ausgefallenen, kreativen Ideen meist recht gut umzusetzen vermag. Außerdem habe auch ich noch zwei Hände, die mithelfen können.

Es kamen die Sommerferien, drückend schwül und heiß war es in diesem Jahr. Wir hatten leider keine Markise zum Schutz vor der Sonne auf der Terrasse. Aus dem einfachen Grund, weil wir nicht flüssig waren. So wie das kleine Bächlein, dass sich um unseren Garten schlängelte. Auf der anderen Seite des Grundstücks war eine Mauer und etwa einen Meter davon entfernt stand ein Baum. Ich werde mal versuchen ihn zu beschreiben. Eigentlich stehen solche Bäume eher in Parks oder Schwimmbädern, Schatten spendend auf großen Wiesen. Die Luft darunter war besser als jede Klimaanlage. Wenn die nadligen Äste im Sommerwind rauschten, kam man sich vor wie an der See. Im Winter verlor der Baum seine Nadeln, ebenso die kleinen, runden Zapfen, die an ihm hingen. Wenn man diese bis spätestens im Frühjahr nicht aufsammelte, war barfuß laufen keine so gute Idee: es pikste beträchtlich. Aber dafür tat das zarte Grün der Nadeln den Augen unendlich gut.

Die Kinder benutzten den Baum, wofür ein Baum im Garten eigentlich bestimmt ist - zum Klettern. Bei unseren Nachbarskindern, die es nicht so mit der Natur haben, musste ich so manches Mal als Beschützer der Bäume in Aktion treten. Mir tat der Baum leid. Das eine Kind war überdurchschnittlich begabt, aber ein guter Umgang mit allen Lebewesen hätte mir eher imponiert. Einmal, als der Junge sehr wild auf einem Ast herumsprang, fragte ich ihn, was er davon halten würde, wenn jemand so auf seinem Arm herumspringen würde. Da schaute er mich nur mit großen, wunderschönen Kinderaugen an, brachte aber keinen Ton heraus. Ich bin so erzogen worden, dass man anderen nichts tut, was man selbst nicht angetan haben möchte. Wir hatten auch Obstbäume, die herrlich blühten. Die zarten Blüten waren für mich und meine Kamera immer ein dankbares Motiv. Beim Fußballspiel im Garten haben unsere Bäume allerdings so manche Blüte verloren. Durch mein loses Mundwerk habe ich mich bestimmt zu einer unbeliebten, unbequemen Nachbarin gemacht. Erfreulicherweise machten die Nachbarskinder ein Freiwilligenjahr als Bufdi in einem Altersheim und kümmerten sich als Jugendliche rührend um die alten Leutchen.

Der Baum wurde immer größer, und es lagen immer mehr Zapfen auf der Wiese. Der Nachbar hinter der Mauer beschwerte sich, wir hätten ihn zu nah an die Mauer gepflanzt. Dabei stand der Baum schon Jahre dort, ehe wir eingezogen waren. Ich beschützte ihn, so lang es irgendwie ging. Wie immer: Eine gegen den Rest der Welt, aber das ist ja nichts Neues. Irgendwann wollte ich auch nicht mehr. Die Zapfen waren so zahlreich, dass man sie täglich eine halbe Stunde einsammeln durfte, bis der Garten davon befreit war. Dann hatten sie mich endlich so weit, ich gab meine Erlaubnis zum Fällen. Was dann folgte, hat sich unauslöschlich in mein Gedächtnis gebrannt. Wir kappten erst die Spitze von etwa drei Metern. Dazu stand mein Mann auf der Leiter; ich mit meinem ganzen Gewicht auf der anderen Seite, um ihn abzusichern. Die beiden Seile, die um die Spitze geschlungen waren, hielten unsere Söhne. Mein Mann schlug mit der Axt auf den Stamm. Es kam, wie es kommen musste: Nach zwanzig kräftigen Schlägen fiel die Spitze zu Boden. Natürlich auf meine Seite. Wenn wir nicht so ein Glück gehabt hätten, hätte einer meiner Söhne jetzt einen Arm weniger, und ich wäre nicht mehr am Leben.

Schreiben hätte ich dies dann natürlich auch nicht mehr können,

Eine Woche später kam ein Arbeitskollege meines Mannes mit seiner Elektrosäge und brachte den Stamm Meter für Meter dem Erdboden näher. Plötzlich, es stand nur noch ein Stumpf von etwa einem Meter da, hörten wir ein Seufzen. Oder war es ein Schrei? Der Boden unter meinen Füßen erbebte. Dann war es für einen Moment still. So still! Selbst die Vögel, Frösche, Bienen – ja sogar der Wind – hielten den Atem an. Beim letzten Meter spritzte auf einmal Flüssigkeit wie aus einem Feuerwehrschlauch in Richtung Himmel.

Der Baum weinte. Ganze fünfzehn Minuten lang. Der gesamte Lebenssaft fuhr aus ihm heraus. Es tat mir in der Seele weh, und ich fühlte mich wie eine Mörderin.

Vorsicht Stufe

Genau das stand an einer Holzwand im Café am Liebfrauenberg, wo wir uns gestern Abend trafen. Und genau das sollte unsere Hausaufgabe für das nächste Treffen sein. Aber mit diesen zwei Wörtern eine Story schreiben? Ich hatte erst mal überhaupt keine Ahnung, wie daraus eine Geschichte entstehen sollte. Aber ich wollte es versuchen.

Donnerstag, einen Tag zuvor, fuhren wir zur Messe Camping & Caravan nach Stuttgart. Wir kamen recht gut durch den Verkehr. Mit meinem Mann hatte ich, wie immer, die üblichen Meinungsverschiedenheiten über den Abstand zum Vordermann. Wir kamen um 11:00 Uhr am Messegelände an und fuhren gleich ins Parkhaus. Da ging es ganz schön kurvig und eng nach oben, bis zum 4. Stock. Ich hasse Parkhäuser, weil ich einmal mit meinem Polo, der vorne einen Spoiler hatte, aufgesessen bin. Wenn ich ohne meinen Mann unterwegs bin, laufe ich lieber kilometerweit, als dass ich mich freiwillig noch mal mit dem Auto in so einen Käfig begebe.

Wir stiegen aus und gingen die Treppe hinunter. Aufzüge mag ich nämlich auch nicht. Ich weiß, ich bin nicht unkompliziert, aber wer ohne Macken ist, der muss erst noch geboren werden. In dem Treppenhaus war es stockdunkel, man konnte kaum seinen Vordermann erkennen. Beim letzten Treppenabsatz gab es hinter uns einen Schrei, dann hörten wir so etwas wie „Platsch". Uns kam es wie eine geplatzte Melone vor. Wir drehten uns um und sahen eine Frau, die neben einem Mann auf dem Boden kniete. Der sagte uns, er hätte die letzte Stufe nicht gesehen und sei einfach danebengetreten.

Fazit: Selbst wenn da „Vorsicht Stufe" gestanden hätte, es hätte bei dieser Beleuchtung nur für Lebewesen mit eingebauter Infrarotkamera eine Chance gegeben, diese Gefahr zu erkennen.

Wir bezahlten die Eintrittskarten und machten uns auf den Weg zur Halle 1. Wir wollten uns einen „Mover" in Aktion ansehen. Ich in meinem jugendlichen Leichtsinn hatte mir das in etwa so vorgestellt: Man bekommt in einer großen Halle eine Fernsteuerung in die Hand gedrückt und einige Erklärungen dazu. Dann kann man einen Wohnwagen nach Belieben Slalom fahren lassen. Doch weit gefehlt. Diese Mover-Dinger lagen in einer abgeschlossenen Vitrine, und die Verkäufer hatten keine Ahnung, wo so eine Probierstrecke sein sollte.

Die einen fallen Stufen runter, andere erklimmen die Stufen der Erkenntnis nie. Fest steht: Wir hatten wieder einmal einen wertvollen Urlaubstag in den Sand gesetzt.

Schwarze Bilderrahmen

Mittwoch. Heute um 19:00 Uhr findet eine Lesung in der Stadthalle bei Maria Ostermann statt. Mein Mann kommt von der Arbeit. Wir trinken gemütlich Kaffee, dazu gibt es einen Kreppel vom Bäcker. Die habe ich um 11:00 Uhr extra mit dem Fahrrad geholt. Jonas kommt auch nachhause und lässt es sich ebenfalls schmecken. Meine Gedanken driften ab: Meine erste Lesung, auf der ich einfach nur Gast sein darf! Ich bin schon ganz aufgeregt und frage meinen Mann, ob wir vom Baumarkt auch wirklich pünktlich zurück sein werden.

Gegen 17:00 Uhr fahren wir zum Baumarkt nach Darmstadt. Wir wollen einen Bilderrahmen umtauschen. Ich kann mit dem Format 9/13 leider nicht allzu viel anfangen! An der Information geben wir den falschen Bilderrahmen ab und bekommen dafür einen Gutschein. Dann hinein ins Gewühl! Wir kaufen zuerst Lampen für Sonnhild, und dann eine Steckdose in Weiß für unsere neue Flurtapete. Danach geht es auch schon zügig zur Rahmenabteilung. Wir sehen die vier Reihen durch, aber es sind nur noch zwei in 9/13 da. Jetzt haben wir ein Problem: Unsere gewünschte Rahmengröße ist nur noch in Weiß da! Zu Hause habe ich aber den 13/18ner aber schon in Schwarz fix und fertig gerahmt. Ich hatte mir in den Kopf gesetzt zwei schwarze Rahmen, leicht stufig an der Wand versetzt, aufzuhängen. Das würde gigantisch gut aussehen.

Mein Mann schnappt sich einen Verkäufer und fragt, ob noch welche in Schwarz auf Lager seien. Wir begleiten ihn zu einem Computer. In der Liste stellt er fest, dass Schwarz erst bestellt werden muss. Er schaut mich immerzu an und ich habe das Gefühl, dass er meinetwegen am liebsten alles stehen und liegen lassen möchte. Mir wird mulmig. Er fasst sich wieder, aber irgendetwas stimmt nicht! Ich komme mir unter seinen Blicken irgendwie schutzlos vor. Und finde, dass man Anbaggern auch übertreiben kann.

Auf einmal will er unsere Telefonnummer und Adresse. Mein Mann gibt ihm unseren Namen und die Telefonnummer. Der Verkäufer will sich melden, wenn er mit seiner Chefin gesprochen habe. Die hat Urlaub und komme erst am Montag wieder zurück.

Im Auto frage ich meinen Mann, ob er dem Verkäufer unsere Adresse gegeben hat. Mein Mann ganz cool: „Nein, natürlich nicht. Was soll die auch mit einer Bestellanfrage zu tun haben?"

Es folgt ein turbulentes Wochenende. Bei uns ist das meistens so.

Am Montag fahre ich zu meinen Eltern. Ich soll Kabelkanäle mitbringen, aber diese vergesse ich glatt.

Abends, mein Sohn ist im Chor, bearbeite ich Bilder am Computer. Das Telefon klingelt und mein Mann hebt ab. Ich höre, wie er unsere Adresse angibt und frage ihn, ob wir die Lieferung mit den Druckerpatronen bekommen. Nein, sagt er, es war der Verkäufer vom Baumarkt. Er wolle sich in vierzehn Tagen wieder bei uns melden, wenn unsere Rahmen eingetroffen sind.

Es ist Schlafenszeit, wir gehen zu Bett. Ich träume von einem Überfall bei uns zu Hause. Im Traum bin ich ganz allein, werde grausam mit einer Plastiktüte erstickt. Das Team von „The Mentalist" ist mitten in den Ermittlungen, nimmt Fingerabdrücke, sichert Spuren und das alles in unserem Schlafzimmer! Plötzlich ist eine Glocke über mir, senkt sich langsam wie in Zeitlupe auf mich nieder. Wie eine Feder schnelle ich hoch, sitze aufrecht im Bett und bin hellwach. Pitschnasser, kalter Schweiß rinnt an mir herunter. Obwohl es mitten in der Nacht ist, wecke ich meinen Mann und sage ihm, dass wir eine Überwachungskamera am Eingang brauchen. Dies würde es auf jeden Fall leichter machen, den Killer zu fassen. Mein Mann murmelt noch halb im Schlaf: „So ein Quatsch." Ich antworte: „Dann besorge ich eben selber eine."

Im Hellen betrachtet komme ich zu dem Schluss: Vielleicht sollte ich die vielen TV-Krimis doch lieber lassen! Dennoch: Wenn der Baumarktfritze am Montagmorgen mit seiner Chefin reden will, wieso muss ihm mein Mann dann am Montagabend um 20:30 Uhr unsere vollständige Adresse geben?

Mittwoch, 08:15 Uhr: Eine Dame vom Baumarkt ruft an und teilt uns mit, dass unsere Bilderrahmen eine Weihnachtsaktion der Firma Nielsen gewesen waren und keine mehr nachkommen würden. Sie will wissen, ob sie den Auftrag stornieren soll.

Mein Bauchgefühl hatte also wieder einmal Recht.

Als ich am Donnerstag vom Sport nach Hause komme, gehe ich ins Wohnzimmer und wundere mich, warum die Nachbarin an meine Terrassentür klopft. Ich ziehe den Vorhang beiseite. Da steht eine fremde junge Frau, so Anfang zwanzig, auf unserem Gartenstuhl. Sie versucht mit einem großen Meißel und Hammer die Tür aufzuhebeln. Als sie mich sieht, schreit sie: „Oh Scheiße, da ist ja jemand zuhause." Vor Schreck fällt sie rückwärts vom Stuhl, steht aber sofort wieder auf. Sie und ihre Komplizin, die höchstens sechzehn Jahre alt ist, geben Fersengeld.

Auf der Straße hätte ich die beiden als harmlose Schulmädchen eingeschätzt, die wieder mal die Schule schwänzen.

Als die Formalitäten wegen des versuchten Einbruchs mit der Polizei geregelt sind, hält mich nichts mehr! Schnurstracks gehe ich in den Baumarkt und kaufe gleich zwei Überwachungskameras.

Die Beerdigung eines Klassenkameraden

Ich hatte ihn zwanzig Jahre nicht mehr gesehen, aber vor zwei Monaten habe ich ihn mit seiner Familie zufällig in Babenhausen getroffen. Er hatte sich kaum verändert, vielleicht ein klein wenig zugenommen. Aber da waren noch immer die braunen Locken und das verschmitzte Lächeln - wie früher. Vor dreißig Jahren hatten wir ihn noch öfter gesehen; damals war er mit der Tante unserer Patentochter frisch verheiratet.

Er war Bayern-München-Fan und mit seiner Tochter, so wie es sich für einen echten Fan gehört, zu einem Heimspiel nach Bayern gefahren. Der Schiri hatte „Tor" geschrien, und in genau diesem Moment war mein Schulfreund ohne jede Vorwarnung einfach umgekippt. Er war tot. Gerade mal fünfundfünfzig Jahre alt geworden. Die Rettungskräfte waren innerhalb von zwei Minuten bei ihm. Konnten ihn leider nicht mehr ins Leben zurückholen. Der Verein hatte sich rührend um die Tochter gekümmert, ihr ein Hotelzimmer und einen Rückflug für den nächsten Tag beschafft.

Selbstverständlich fuhren wir nach Neu-Isenburg zu seiner Gedenkfeier. Es war eine schöne Rede gewesen, untermalt mit seiner Lieblingsmusik. Die Redner fanden nur gute Worte über den Verstorbenen, Wir gingen irgendwie getröstet zum Auto. Wir hatten im Parkverbot gestanden und beeilten uns, weg zu kommen.

Wir fuhren durch Sprendlingen, und an der ersten Ampel hinter dem Bahnübergang krachte uns eine Frau in einem schwarzen Auto hinten rein. Das gab einen Schlag! Es ging mir durch und durch. Im ersten Moment blaffte ich meinen Mann an und fragte: „Was soll das?" Er antwortete ganz perplex: „Ich hab doch gar nichts gemacht, das Auto hinter uns ist uns rein gebrettert."

Wir stiegen aus. Die Fahrerin des anderen Autos meinte: „Es ist ja gar nichts passiert, nur ein kleiner Rums." Dann wollte sie gleich weiterfahren. Und das, obwohl sie bei dem Auffahrunfall das vordere Nummernschild verloren hatte.

Wir bestanden darauf, erst einmal an den Rand zu fahren. Ich holte meinen Fotoapparat und machte von beiden Unfallfahrzeugen ein Foto. Die Frau gab uns ihre Versicherungskarte - und schon war sie weg.

Wir fuhren zu einer Werkstatt und ließen den Schaden schätzen. Die neuen Teile wurden auch gleich bestellt. Der Mann in der Werkstatt fragte nach dem Namen und der Adresse der Unfallverursacherin. Außer der Visitenkarte ihrer Firma hatten wir nichts. Dann sollten wir den Autotyp des Verursachers benennen. Mein Mann schaute mich an, wir hatten keine Ahnung. Es stellte sich heraus, dass die Frau bei einer Versicherung arbeitete, und dass das Unfallfahrzeug ein Firmenwagen war. Da hatten wir ja noch mal Glück gehabt.

Zu Hause angekommen, rätselten wir weiter. Mein Mann sagte, es könnte ein schwarzer Ford gewesen sein. Später, als ich die Bilder ausgedruckt hatte, stellte sich heraus, dass er richtig geraten hatte.

Am nächsten Tag waren die Ersatzteile schon da, und ich brachte das Auto zur Werkstatt. Eine Stunde später rief der Automechaniker mich an und sagte: „Nachdem wir die Stoßstange abgemacht hatten, haben wir festgestellt, dass Ihr Wagen auch noch einen Lackschaden hat." Er musste also lackiert werden. Wir beschlossen, das Auto übers Wochenende dazulassen, damit die Farbe ordentlich trocknen konnte.

Am Dienstag rief der Mann von der Werkstatt wieder an und sagte: „Ihr Auto ist fertig. Sie können es abholen, aber bitte nicht in der Mittagspause." Vor der Pause schaffte ich es nicht mehr, also holte ich es nach der Mittagspause ab. Der Mann führte mich um das Auto herum. Saubere Arbeit, das muss man sagen. Ich durfte noch zwei Unterschriften leisten, bekam die Schlüssel ausgehändigt und fertig!

Ich setzte mich ins Auto. Da saß ein kleiner Lindt-Osterhase auf dem Armaturenbrett. Ich fuhr nach Hause, nahm den Osterhasen mit ins Wohnzimmer und fragte ihn, ob er bei mir sitzen wolle. Dann setzte ich ihn auf meinen Esszimmertischplatz.

Mein Sohn amüsierte sich, wenn ich mit dem Hasen sprach und ihm erklärte, dass er nach Ostern reif wäre. Nun stand er erst einmal bis Ostern auf dem Tisch.

Gestern Abend hatte ich so eine Sucht auf etwas Süßes. Ich setzte den Hasen auf meine Hand und meinte: „Wir gehen jetzt mal nach oben." Dort schaute er mir noch ein Weilchen beim Schreiben zu. Dann wickelte ich vorsichtig seine Ohren frei und knabberte das erste Stückchen Schokolade an. Seit drei Monaten das erste Stück! Ich bekam regelrecht Heißhunger, und nach zwei Minuten waren nur noch ein Glöckchen an einem rotem Band und etwas Goldpapier von ihm übrig...

Boxenluder

(Eine X-beliebige Aufgabe)

Vor langer Zeit lebte der Ex-König Xaver im Exil. Er hatte es sich angewöhnt, jeden Morgen auf seinem Xylofon zu spielen, das er von seiner Ex-Geliebten, dem Boxenluder, geschenkt bekommen hatte. Auf sein Drängen hatte sie sich mit seiner fixenden Frau Xenia ein Duell auf Leben und Tod geliefert. Er spürte sie noch, diese Spannung, als wäre es erst gestern gewesen.

Als die Sonne eines Morgens zögerlich durch die Äste der Bäume brach, gab es den wunderschönen Sonnenaufgang in sanften roten, orangefarbenen, gelben und blauen Tönen, der für diese Landschaft berühmt war.

An diesem Tag kam der Gerichtsvollzieher und pfändete sein spärliches Hab und Gut. Mit ihrer Sucht hatte seine Frau alles verprasst: Das große Schloss, die Ländereien, die Zuchtpferde. Einzig das kleine Pförtnerhaus war ihnen geblieben. Wie lange noch? Schlagartig wurde ihm klar, dass, solange Xenia leben würde, das Geld schneller zerrann, als es verdient wurde. Da beschloss er, zu handeln. Er ging ans Telefon und bestellte Duell-Pistolen.

Nachdem der Paketzusteller Max die Boxfans neben dem Boxring mit den T-Shirts ihres Box-Idols beliefert hatte, brachte er die Pistolen per Eil-Express von Cuxhaven nach Buxtehude. Die letzte Lieferung war schon am Abend per Export-Laster von Max-Fax-Express bei Ex-König Xaver vor Ort.

Xaver drückte der Geliebten und seiner Ex-Frau eine Pistole in die Hand. Die beiden Frauen stellten sich Rücken an Rücken, und gingen dann exakt zehn Schritte voneinander weg. Seine Frau hatte panische Angst, als sie in die Mündung der Pistole blickte. Die Geliebte drückte ab. Aus einem Reflex heraus schoss Xenia sofort nach, und das geliebte Boxenluder fiel tödlich getroffen zu Boden. Es war wie verhext, seine Frau lebte noch immer, schien gar, wie eine Katze, sieben Leben zu haben. Xenia stand unter Schock. Der „flux" herbeigerufene Arzt prüfte ihre Reflexe und machte gleich noch einen neuen Drogentest. Das Ergebnis war exakt wie vor zwei Jahren, wie in den Ex-Akten vermerkt war. Sie kam von den Drogen nicht los.

Ihre Sucht hatte schon in der Vergangenheit Unsummen verschlungen. Ex-König Xaver hatte sich von seinen Ländereien trennen müssen und schließlich auch von ihr; er wollte nicht als Bettler enden.

Beim zweiten Versuch, die Gemahlin loszuwerden, schaute er im Lexikon nach. Dort stand zu seinem Pech jedoch nix von der roten Farbe, die sich bildet, wenn man Arsen mit Orangensaft mixt.

Er mixte den Orangensaft und den Arsen-Extrakt exakt im richtigen Verhältnis. Klammheimlich in der berühmten Autobox von Mercedes, die McLaren jahrelang gemietet hatte. Es ging schief. Im Gasthof fiel die knallrote Farbe auf, und der zweite Mordversuch ging auch daneben. Er fluchte leise - wieder nix. Hätte er den Orangensaft zuhause gemixt, hätte er ihn so lange gemixt, bis die Farbe sich neutral verhalten hätte. Ihm wäre bestimmt eine Mixtur gegen dieses Knallrot eingefallen.

Es bewährte sich wieder einmal: „Eigener Herd ist Goldes wert!"

Die Waschmaschine

Großmutter war im Mai dieses Jahres nun schon zwei Jahre tot. Es dauerte einige Zeit, bis Großvater sich an seine neue Situation gewöhnt hatte. Er wollte auch sterben und musste nun noch einen zweimonatigen Krankenhausaufenthalt über sich ergehen lassen.

Wir hatten die Hoffnung fast aufgegeben. Er war so schwach, dass er nicht mehr ohne Pflege rund um die Uhr auskommen konnte. Hinzu kamen noch die zwei Jahre im Seniorenheim. Privatsphäre war da nicht, jeder schneite einfach so in sein Zimmer, und das hielt er einfach nicht länger aus.

Als er merkte, dass die Mitbewohner die Butter pur im Zehnerpack aßen und er sich nicht vernünftig mit ihnen unterhalten konnte, beschloss er, wieder in seine inzwischen völlig leer geräumte Wohnung zurückzukehren. Alles was mühsam ausgeräumt worden war, musste nun wieder herbeigeholt werden. Die Möbel wurden im „Sozialkaufhaus" besorgt, von den Kindern bekam er Besteck, Gläser, Teller und alles, was man so braucht. Der Rest wurde mühevoll aus der Garage, die als Zwischenlager gedient hatte, wieder hochgetragen.

Es ist nicht so leicht, auf einmal alles alleine machen zu müssen. Die Waschmaschine war zeitlebens Omas beste Freundin gewesen. Da war es auch nicht anders zu erwarten, als dass sie beim neuen Benutzer erst einmal streikte. Opa holte sich bei den Schwiegertöchtern Rat für die Wäschetrennung, sein ältester Sohn besorgte Waschpulver. Opa stopfte alles in die Trommel und drückte den Knopf.

„He, nicht so voll, sonst platze ich", hörte Opa jemanden rufen. „Okay, dann nehme ich eben die Hälfte wieder heraus", sprach er zu sich in dem leeren Waschkeller.

Und schon wieder erklang es: „Nicht so grob, wenn ich bitten darf. Du tust mir weh!"

Opa merkte, dass die Waschmaschine zu ihm sprach und erwiderte: „Stell dich nicht so an, du bist doch nur eine Waschmaschine!"

Die Maschine war so ungehobelte Hände nicht gewöhnt. Sie sehnte sich schmerzlich nach den sanften Händen ihrer Ex-Besitzerin. Sie wollte ihrem neuen Besitzer partout nicht gehorchen.

Und schon wieder die Stimme: „He da, alter Mann, was drückst du so blöd an mir herum?"

„Nun mal langsam, ich werde dir schon zeigen, wer hier der Herr im Haus ist", sprach Opa und haute auf den ON-Schalter.

„Okay, dann kann ich auch anders", dachte sich die Maschine und fing an zu schäumen, zu prusten und zu rumpeln. „Die ganze Schaumbrühe drücke ich oben aus dem Fach", schrie sie dem verdutzten, alten Herrn zu.

Dieser brüllte zurück: „Dann schmeiß ich dich samt der Wäsche auf den Schrott."

„So etwas Gemeines hätte deine Frau nie mit mir gemacht, du Blödmann. Wie willst du die Wäsche denn sauber kriegen - ohne mich?"

„Dann bringe ich sie eben in einen Waschsalon", erwiderte Großvater.

„Und wie willst du das anstellen? Ohne Auto, ohne Führerschein? Hättest mal überlegen sollen, bevor du alles abgibst!"

„Das ist mir zu blöd, ich streite mich doch nicht mit einer Waschmaschine herum!", sprach Opa zu sich selbst.

Die Erwiderung kam prompt: „Aber um deinen Dreck zu waschen, bin ich dir gut genug."

Noch zehn Wäscheladungen lang wiederholte sich das Spiel, aber mit der Zeit wurden beide doch ruhiger und jeder gab etwas nach. Und seitdem ihm die Waschmaschine verraten hatte, dass sie ganz wild auf Lenor war, gab es montags ein Hütchen von diesem luftig-leichten Duft in die Trommel. Lenor! So als kleines Bonbon zwischendurch!

Inzwischen sind sie gute Freunde geworden, und sonntags gibt es sogar die eine oder andere Streicheleinheit. Denn jeder braucht im Leben einen verlässlichen Partner, egal ob Mensch oder Maschine.

Die Nimmermuss

Meine Eltern hatten ganz alleine ein Haus gebaut. Damit die Kosten das Budget nicht überschritten, zogen sie aufs Land.

Ich hatte eine gute Ausbildungsstelle als SW-Fachlaborantin und mein Freund war bei der Bundeswehr. Ich wollte nicht mitziehen. Wer mich etwas genauer kennt, weiß, dass ich auch schon mit sechzehn Jahren meinen Kopf durchzusetzen verstand. Also bauten meine Eltern und zogen mit meinen Geschwistern aufs Land. Ich blieb in unserer Sozialwohnung. Drei Zimmer, Küche, Bad. Wobei ich mich finanziell mehr als Einschränken musste. Mein Ausbildungsgeld war alles andere als üppig und reichte gerade so für die Miete. Fünfzig D-Mark blieben mir zum Leben übrig.

Ich musste jeden Pfennig zweimal umdrehen, aber ich war ja selbst schuld. Als mein Freund und ich uns verlobt hatten, meinten meine zukünftigen Schwiegereltern doch glatt, ich könnte ihm ja ein Zimmer für seine Damenbesuche einrichten. Ich war sauer. Meine Schwiegermutter in spe war auch der Meinung, ich müsse ihr beim halbjährlichen Vitrinenputz helfen. Da war sie bei mir aber an der falschen Adresse. Auf so einen Quatsch hatte ich an meinem sauer verdienten Wochenende nun wirklich keinen Bock mehr. Erstens, sagte ich zu ihr, führe ich kein Bordell und zweitens muss ich gar nichts. Höchstens mal aufs Klo, aber dazu könnte ich zur Not auch in den Wald gehen. Das verschlug ihr erst mal die Sprache. Dann meinte sie: „Was man sich von so einer Göre alles bieten lassen muss!" Selbst schuld, sie hätte mich nicht reizen dürfen.

Damals war ich fast ein Engel, aber wenn man versuchte, mir meine Flügel zu stutzen, reite ich halt. Wenn es sein muss auf einem Besen. Da kenne ich gar nix.

Ein etwas großes Ei

Vor langer Zeit lebte einmal ein Mädchen, das hatte die Gabe mit Pflanzen und Tieren sprechen zu können. Mit den Menschen hatte es keine so guten Erfahrungen gesammelt. So kam es, dass Johanna mal wieder mit den Tomaten seiner Großmutter redete. Die verrieten ihr das Geheimnis ihrer Pracht: „Wenn du uns morgens Wasser zum Trinken gibst, fühlen wir uns pudelwohl und schenken dir große, schöne, rote Früchte. Aber wenn du uns falsch behandelst und uns abends oder gar mittags mit Wasser bekleckerst, dann frieren wir fürchterlich und setzen im schlimmsten Fall einen Pilz an. Das ist für euch Menschenkinder in etwa so, als würdet ihr nach dem Baden die einzelnen Zehen nicht abtrocknen."

Das Mädchen saß oft im Garten und spielte mit der Nachbarskatze. Von dieser erfuhr es auch, dass der Fuchs das Grundstück seit Jahren überwachte.

Die Großmutter hatte einen Hinkelstall mit dreißig Hühnern und einem Gockel. Opas liebstes Huhn hieß Gretel. Mit Gretel konnte man toll plaudern. Gretel war für ein Huhn schon sehr alt und nicht mehr zum Eierlegen zu gebrauchen. Aber Gretel wusste auf jede noch so blöde Frage eine kluge Antwort.

Eines Tages ging Johanna mit ihrer Mutter im Feld spazieren. Die Mutter traf Frau Klobedanz und hielt ein Schwätzchen mit ihr. Auf einmal schoss eine Hasenfamilie hinter einem Strauch hervor und Johanna spielte mit den Hasenkindern Fangen. Als alle sich müde getobt hatten, unterhielt sich Johanna ausführlich mit dem kleinsten Hasen und erzählte ihm von Opas kluger Gretel. Das Häschen fragte, ob er mitkommen könne, er müsste diese kluge Henne unbedingt um Rat bitten.

Da im Hinkelstall genügend Platz war, durfte der kleine Hase Hansi fürs erste dort bleiben.

Am nächsten Morgen hoppelte Hansi sofort zur klugen Gretel und bat sie um ihre Hilfe. Das Häschen hatte ein großes, glänzendes, smaragdgrünes Ei mit rubinroten Tupfen gefunden, in dem sich etwas Lebendes befand. Sie beschlossen, dass Johanna und Hansi das Ei holen würden, um es Gretel zum Ausbrüten zu übergeben. Sollte das nicht genügen, so hatten sie ja noch die Wärmelampe im Kükenverschlag, direkt neben dem Hühnerstall. Hier konnten sie das Ei vor Fuchs und Mensch verstecken.

Gretel bewunderte die harmonischen Farben des riesigen Ovums. Sie setzte sich sogleich auf das Ei und meinte, dass es bei dieser Größe nur von einem Drachen stammen könne.

Wie kam es, dass ein Drachenei im 21.Jahrhundert ausgerechnet bei Johanna landete? War sie etwa eine Drachenreiterin? Konnte sie deshalb so gut mit Tieren und Pflanzen reden? Fragen über Fragen, auf die noch nicht einmal Gretel eine Antwort hatte. Vor allem durfte Oma davon nichts wissen. Nur Opa, der ihr Geheimnis kannte, wollte mit den Eierschalen eine Schmuckschatulle für Omas Geburtstag herstellen.

Nach ein paar Tagen fing das Ei an zu wackeln, dann krachte es auf einmal. Ein Riss und eine Schnabelspitze tauchten auf. Und nochmals ein lautes Krachen. Jetzt lagen fünf bunte, glänzende Eierscherben im Nest und ein rot-gelb-blauer Mini-Drache.

Endlich war er da, Johannas neuer Drachenfreund. Und viele, gemeinsame Abenteuer begannen.

Fantasie

Die angehende Tierärztin

Seit Generationen waren alle Frauen in meiner Familie Tierärztinnen. Wir kannten es nicht anders. Man zeigte mir bereits frühzeitig, wo einmal mein Name auf dem Holzschild des Hauses stehen sollte.

Im zarten Alter von sechs Jahren bekam ich meinen ersten Hund, einen Setter-Welpen von zwölf Wochen. Ich lernte wie man einen Hund richtig ernährt, ohne Süßigkeiten und ohne Schweinefleisch.

Die Gewissheit dessen, was aus mir einmal werden sollte, war tief in meiner Vorstellungswelt eingeprägt. Aber als Abitur und Studienzeit näher rückten, merkte ich, dass dieser Beruf nicht mein Herz erfüllen würde. Ich reagiere in bestimmten Situationen ganz anders als meine Mutter. Als ich sah, wie sie sich um drei Uhr morgens aus dem Bett quälte, um wegen Verdacht auf Darmverschluss nach einem Hund zu sehen, beschloss ich: Nein, das war nichts für mich. Das Herrchen hatte es nicht für nötig gehalten, den Hund in der Sprechstunde vorbeizubringen. Ich hätte mir den Besitzer zur Brust genommen, aber Mama war zu nachsichtig.

Am meisten Sorgen bereitete mir die Vorstellung, nicht der Tochter zu entsprechen, die meine Mutter haben wollte. Aber ich wagte es nicht, ihr von meinen Zweifeln zu erzählen. Stattdessen hoffte ich, irgendwie klarzukommen.

Im Sommer vor dem Wechsel aufs Gymnasium lastete dieses Dilemma schwer auf meinem Gewissen. Und ich war dann auch froh, vor eine neue Herausforderung gestellt zu werden.

Eine Hundebesitzerin hatte meiner Mutter als Bezahlung eine Nähmaschine überlassen, mit deren Hilfe ich meinen Traum von meinem eigenen Modedesign verwirklichen wollte. In jeder freien Minute übte ich fleißig die Zickzacknaht rauf und runter und entwarf neue Hosen, Jacken, Bademäntel, bestickte Handtücher und so weiter. Ich fand auch einen Laden, der mir tolle Motive auf meine Bademäntel und Handtücher stickte. Den Rand der Handtücher setzte ich farbig ab, und die Motive der Stickerei suchte ich mit viel Liebe aus.

Mir machte die Arbeit einen Riesenspaß, aber würde sich meine Mutter darüber freuen können? Wie immer, wenn mich etwas interessierte, war ich mit Herz und Seele dabei.

Eines Tages sah mir meine Mutter zu und meinte: „Das ist eine gute Sache. Jetzt warten wir einfach ab, wie sich sowas verkauft."

Sie strich mir über die Wange und wünschte mir eine gute Nacht. In diesem Moment liebte ich meine Mutter wie nie zuvor. Die Liebe, die ich für sie empfand, schien den ganzen Raum zu erfüllen.

Unser gelernter Koch

Unser Jüngster hat drei Monate Urlaub am Stück, die er sich auch wirklich verdient hat. Nach drei Jahren Ausbildung, ganz ohne Urlaub, hatten wir ihn manchmal nur nachts gesehen. Meistens mit doppelten Schichten, manchmal sogar dreifache. Meist kam er erst um halb drei Uhr nachts todmüde von der Arbeit nach Hause. Endlich hat er ausgelernt.

Da wurde seine Mutter krank und konnte nicht für ihn da sein. Also sitzt er mit seinen Freunden vorm Computer, bekocht diese und geht mit ihnen einkaufen oder einfach mal in die Disco. Und die böse Rabenmutter hat noch nicht einmal Zeit ihn zu bekochen, ihn zu verwöhnen oder seine Hosentasche zu stopfen.

Sie stellte fest, dass so ein Tag nur vierundzwanzig Stunden hat. Außerdem beschloss sie nach dreißig Jahren, sich nie wieder mit Kortison behandeln zu lassen. Bei der letzten Kortison-Behandlung schwollen ihre Leber, das Herz und die Nieren dermaßen an, dass sie meinte, ihre Organe würden platzen und endgültig versagen. Sie wählte für sich den alternativen Weg der Naturheilmedizin. Als es ihr besser ging, stellte sie fest, dass sie so viel versäumt hatte, dass eben noch schnell zwei Millionen Powerstunden nachzuholen seien.

Sie macht tolle Fotoaufnahmen und hat auch noch das Schreiben entdeckt. Sie fährt wieder Motorrad, geht mit ihrem Mann endlich wieder auf Musikfestivals und auch mal zu Zweit essen.

Hotel Mama denkt doch tatsächlich an sich und unternimmt vieles, das einfach Spaß macht.

Hab dich lieb, Deine Mama.

Der einsame Gast

Ich habe eine Arbeit, bei der ich oft bis in die Nacht unterwegs bin. Zu den Dingen, die mir in meinem Beruf nicht so gut gefallen, gehört, dass ich meist allein essen muss. Oft fühle ich mich einsam, wenn ich andere reden und lachen höre. Und manchmal komme ich mir wie bestellt und nicht abgeholt vor.

Meist nehme ich meine Mahlzeiten an meinem Computer in meinem Zimmer ein. Aber manchmal mag ich das einfach nicht. Früher oder später habe ich dann den Drang, Essen zu gehen. Nachdem ich drei Abende vor dem Computer verbracht hatte, brauchte ich wieder einmal dringend einen Tapetenwechsel.

Also ging ich zum Italiener. Ich erzählte dem netten Kellner von meinem Unbehagen allein zu speisen. Er führte mich nach hinten an einem wunderschönen Tisch.

„Wissen Sie, im Moment habe ich nichts Besseres zu tun, als auf Gäste zu warten, und die kommen erst um zweiundzwanzig Uhr. Hätten Sie etwas dagegen, wenn ich mich zu Ihnen setze?" Ich war hocherfreut,

Er nahm Platz, und wir unterhielten uns über seine beruflichen Ziele und seine Hobbys. Über die Schwierigkeit, Familie und Job im Gleichgewicht zu halten, wenn man an den meisten Wochenenden arbeitet. Er zeigte mir sogar Fotos von seiner Freundin und der Katze.

Fünfzehn Minuten später kamen Gäste, und er entschuldigte sich. Ich sah, dass er kurz in die Küche verschwand, bevor er die Gäste bediente.

Dann kam ein anderer Angestellter an meinen Tisch und fragte, ob er sich einen Moment zu mir setzen dürfe. Wir führten ein wunderbares Gespräch, bis er einen Gast in seinem Service-Bereich entdeckte. Er entschuldigte sich.

Es dauerte nicht lange, und eine Aushilfe setzte sich zu mir. Der Mann sprach nur Japanisch. Wir unterhielten uns prächtig, da Japanisch meine liebste Fremdsprache ist.

Bevor ich nach Hause ging, kam sogar noch der Chef aus der Küche und setzte sich für einen Moment zu mir.

Als ich mir zum Nachtisch noch ein Eis bestellte, wurde es ganz still im Restaurant. Alle Menschen, die mit mir am Tisch gesessen hatten, sagten: „Dies war der schönste Abend, den wir je auf unserer Arbeit hatten." Mir kamen fast die Tränen.

Was als einsamer Abend begonnen hatte, endete als wunderschöne Erfahrung. Für die Angestellten und für ihren Gast.

Der neue Schreiberling

Heute ist wieder Schreibkreis, ich kann es - wie immer - kaum erwarten.

Nachdem ich mit meinen Männern Kaffee getrunken und noch mal schnell die E-Mails gecheckt habe, ziehe ich mich um und hole das Fahrrad aus der Hütte. Ich schalte mein Licht an, und dann geht es ab zur Landstraße. Da muss ich erst mal zehn Minuten warten, bis ich sicher über die Straße komme. Weiter bis zum nächsten Ort und dann immer geradeaus. Die Ampel ist zum ersten Mal grün und ich kann durchfahren. Noch fünfhundert Meter, und dann über die Landstraße wieder auf die andere Seite.

So, das wäre geschafft. Im Hof schließe ich das Fahrrad ab und ziehe eine Tüte über den Sattel; es beginnt zu regnen.

Ich mache die Tür zu unserer Schreibstube auf. Hinten am Tisch sitzt ein mir unbekannter Herr mit Hut. Ich sage freundlich Guten Abend, bekomme aber keine Antwort. Na ja, kann ja mal passieren. Ich bin manchmal auch stoffelig. Es ist sonst noch keiner da. Ich schaue auf die Uhr und stelle fest, dass es ja auch erst 19:20 Uhr ist. Ich hole mir etwas zum Lesen.

Nach und nach trudeln die anderen ein. Ingelore stellt den Herrn mit Hut als neues Mitglied vor. Den Namen vergesse ich sofort wieder. Namen sind ja Schall und Rauch. Ingelore erzählt, dass der Neue eine interessante Lebensgeschichte habe. Er komme aus Amerika, wo er fünfundzwanzig Jahre gelebt und ein paar Jungs adoptiert habe. Jetzt sei er ab und zu wieder in seiner alten Heimat und wolle sich mit uns die Zeit totschlagen. Als Ingelore erwähnt, dass er Halbjude ist, frage ich mich, ob er deshalb den Sonnenhut aufbehält. Oder ist er einfach nur unhöflich?

Wir fangen an, unsere neuen Texte zu lesen. Da klopft es an der Tür und unser Chef kommt herein. Er entschuldigt sich, dass er zu spät ist. Er war offenbar eingenickt.

Rolf Markus liest was Tolles vor. Wie fast immer, hat er etwas Tiefgründiges in seinem Text versteckt. Er ist in letzter Zeit viel lockerer geworden, das steht ihm gut. Dann liest Jutta noch ein neues Gedicht, wieder einmal mit unglaublichem Tiefgang. Wo sie das nur hernimmt? Es klopft erneut an der Tür. Hanne ist auch noch gekommen. Etwas spät, aber da.

Jetzt möchte unser Neuzugang ein Gedicht vortragen. Wow, echt toll. Fast zu gut. Er trifft Michael mitten ins Herz, als hätte er sich vorher Gedanken gemacht, wie er am besten bei ihm landen kann. Es folgen noch zwei wirklich gute, kurze Storys. Dann fängt er an, seine Lebensgeschichte als Text vorzutragen und hört nicht mehr auf.

Michael hat Geduld ohne Ende, aber was zu viel ist, ist zu viel.

Der Mann wird gefragt, wie lange er noch weiterlesen will. Der lügt frech und spricht von zwei Seiten. Aber es geht endlos weiter. Ich betrachte ihn mir beim Lesen und stelle fest, dass er ständig wie ein Filmschauspieler in die Runde schaut. Seine Hände sehen aus, als würde er regelmäßig zur Maniküre gehen. Keine Arbeiterhände. Wir haben in unserem Bekanntenkreis Banker und Architekten, aber solche gepflegten Hände habe ich noch nie gesehen. Braun gebrannt ist er auch noch. Und er spricht Deutsch, als wäre er keinen Tag weg gewesen. Er erklärt das mit seiner Vorliebe für Sprachen.

Mag ja sein. Mir fällt ein, dass meine Tante vor dreißig Jahren nach South Carolina ausgewandert ist. Als sie zu Omas Beerdigung kam, hatte sie so einen bestimmten Slang, eben typisch amerikanisch.

Mein Bauchgefühl meldet sich, da ist irgendwas oberfaul an diesem Kerl. Vielleicht habe ich heute auch nur meinen Krimi-Tag, Aber auf den ersten Blick würde ich sagen: Knacki oder Sekte. Auf jeden Fall ist er ein großer Schauspieler. Michael darf jetzt seine Erotikstory vorlesen, ich muss schmunzeln. Dann blicke ich zu diesem Neuling rüber; er schaut schlimmer drein als ein katholischer Geistlicher. Vielleicht doch Sekte? Wie auch immer, ich würde dem Kerl lieber nicht unsere Adressen geben.

Wir sind alle etwas ganz Besonderes, eben echte Menschen, bei denen man sich gleich zu Hause fühlt. Ich werfe einem Blick zu ihm rüber, denke bei mir: „Haben wir so ein Theater wirklich nötig?"

Die Wattwanderung

In unserem Nordseeurlaub hatten wir uns zum Wattwandern auf der Vogelschutzinsel Minsener Oog durchgerungen. Als ich drei Plätze reservieren wollte, fragte mich der Wattführer Gerke, ob wir denn zwei Stunden hin und zwei Stunden zurück schaffen würden. Beim nächsten Anruf wollte er nicht glauben, dass wir noch immer dazu bereit waren.

Um 18:30 Uhr sollte es losgehen. Mehr oder weniger unfreiwillig machten wir den Schuhtest. Unser Sohn hatte seine alten Sandalen an, mein Mann Wattsocken, und ich ging barfuß.

Wir erlebten vier spannende Stunden. Ich weiß jetzt, wie man Krebsweibchen und Krebsmännchen unterscheidet und wie eine schwangere Krebsfrau aussieht. Dass blaue Nesselquallen wie Brennnesseln brennen, aber wunderschön leuchten. Dass die Algen aus China essbar sind, etwas salzig, aber schön knackig. Wir haben eine Seenadel gesehen und Willy, den Wattwurm. Kleine Schollen, ungefähr ein bis zwei Zentimeter groß und Möweneier in ihrer Brutwiese.

Auf dem Rückweg zeigte Wattführer Gerke uns eine Schwertmuschel und auch, wie sie das Wasser ausspuckt. Wie sie sich mit ihren Füßen aufstellt und wieder im Sand verschwindet, als wäre sie nie da gewesen.

Wusstet ihr, dass die Gezeiten die Nordsee förmlich leer fegen können? Vom Horumersiel weicht das Wasser bei Ebbe bis zu 1000 Meter zurück, ehe das Jade-Fahrwasser wieder für Tiefgang sorgt. Als Krönung sahen wir die leuchtend rote Sonne im Watt verschwinden.

Als ich meine Urlaubsfotos anschaute, entdeckte ich eins mit einer Schwertmuschel, die gerade Wasser ausspuckte. Das hatte ich beim Fotografieren nicht einmal bemerkt.

Einsteins Urenkelin

Im magischen Schein des Sonnenlichtersturmes landete unser kleines Raumschiff unbemerkt auf dem Planeten 003, der von den Bewohnern als Mutter Erde bezeichnet wird. Im Schutze der Dämmerung liefen wir vier die Landebrücke hinunter.

Wenn ich, als ihr Schreiberling, uns einfach mal kurz vorstellen dürfte: Wir sind Bewohner vom Planeten 001. Da wäre zum einen unser Geiger, Mister Banana, mit fliederfarbenen Händen. Zum anderen und nicht zu vergessen, Mamsell Birne, zumeist unsichtbar und wie immer inkognito. Und natürlich Miss Muffin, die eigentlich eher einem Donut ähnelt. Sie sieht von vorne wie ein runder, rosafarbener Zuckergussring aus und hat auf der rechten Seite ihren Fotoapparat. Auf ihrem Hinterteil ist sie mit dunkler Schokolade überzogen.

Als sich die Tür des Raumschiffes schwebend öffnete, fiel unser Blick als Allererstes auf einen fein säuberlich abgenagten Apfelkrotzen. Der lag dort auf dem Sand, wie heruntergebeamt. Im Strahl der Scheinwerfer kam es uns jedenfalls so vor. Wir konnten auf den ersten Blick keine sichtlichen Spuren von Gewalt erkennen.

Wir hatten den Auftrag bekommen, die Erde von jeglichem Plastikmüll zu befreien. Damit hatten wir jede Menge Arbeit. Was in den 300 Millionen Jahren, die dieser Planet nun schon besteht, eine der schwierigsten Aufgaben war. Old Papa Einstein hatte uns eine seiner genialen Erfindungen mit auf die Reise gegeben. Die ist so groß wie ein kleiner Apfel und kann, wie ein Magnet, alles Plastik in fünfzig Quadratkilometern Umkreis einfangen und zu einer Art Patronenhülse zusammenschmelzen. Die wird dann als Treibstoff für unser Raumschiff genutzt. Das Allerbeste aber ist, dass keinerlei Abfall entsteht.

Einsteins Urenkelin war bei ihrem letzten Besuch auf dem Planeten 003 gerade noch so mit dem Leben davongekommen. Wie der fein säuberlich abgenagte Apfelkrotzen beweist.

Im Moment arbeitet sie an dem Entwurf einer Erfindung, die den Atommüll spurlos beseitigen soll. Dieses Mal soll sie die Form einer Walnuss mit je vier Kammern bekommen.

Seit dem letzten Weltkrieg fabrizieren die Erdlinge nur Müll und denken nicht an später. Aus diesem Grund werden Genies auch nicht mehr auf der Erde geboren, sondern seit hundert Jahren nur noch auf unserem Planeten, die Nummer 001.

Johanna, so heißt die Urenkelin von Einstein, hatte uns schon vorbereitet, aber für die Erdlinge wird unsere Mission sicherlich kein Spaß sein! Wir waren in Frankfurt direkt neben dem Goetheturm gelandet. Mit Einsteins Apfel im Handgepäck, gab Mamsell Birne etwas von ihrem genialen Puder über unser Raumschiff. Es wurde augenblicklich unsichtbar. Die Materie löste sich in Luft auf, und das Raumschiff war für die Erdlinge nicht mehr aufzuspüren. Mister Banana stellte sich mit dem Apfel auf dem höchsten Punkt des Goetheturms in Position. Er drückte den Stiel zusammen. Sofort sauste alles Plastik, oder auch „Kunststoff" genannt, in den Apfel. Mit Lichtgeschwindigkeit auf die passende Größe gepresst. Alle paar Minuten mussten wir den Standort wechseln.

Wenn alles klappte, würden wir in 101 Tagen die Heimreise antreten. Das Problem war, dass wir die Erdlinge nicht um jede Erlaubnis gebeten hatten.

Aus Erfahrung wissen wir, dass sie bei der Vernichtung von altem Plastikmüll nichts einzuwenden haben; sie sind durchaus dankbar, wenn wir die Ozeane von altem Plastikschrott befreien. Aber bei Klinikmaterial sieht die Sache schon anders aus. Irgendwie auch verständlich. So eine Blutkonserve ohne Beutel ist nicht sehr appetitlich. Und steril ist sie wohl auch nicht mehr. Zahnersatz aus Kunststoff ist schon gemein, wenn der einfach so wegsaust. Bank- und Krankenversicherungskarte, Führerschein und Personalausweis sind für die Erdlinge ungeheuer wichtig, was auch durchaus berechtigt ist. Aber ohne Plastikhülle schnell wertlos.

Deshalb erklärten sie uns, als es ans Eingemachte ging, den Krieg. Manche wurden richtig aggressiv und grantig, als wir die wertvollen Rohstoffe ihrer Firmen, die kälte- und hitzebeständiges sowie bruchsicheres und teures Plastik herstellten, einfach zerstörten.

Erstaunlich sind diese Leute, wie im Taumel, beinahe süchtig. Es lechzt sie danach, ihre Sachen zu vermarkten. Man könnte es auch „raffiniert verkaufen" nennen. Dass die eingesperrten Lebensmittel nun wieder frei wie die Vögel herumfliegen, brachte manche Damen und Herren fast um ihren letztes bisschen Verstand. Die ganze Technik und Elektronik, und das liebste Kind, ihr Auto nicht zu vergessen! Heutzutage geht ja fast gar nichts mehr ohne diesen giftigen Schrott. Die Erdlinge müssten uns auf Knien danken, dass wir sie davon befreit haben. Aber was machen die? Jammern und uns den Krieg erklären!

Ein Erdenkind von nur acht Jahren hat einmal gesagt: „An dem Tag, als wir das Plastik erfunden haben, haben wir das qualvolle Ende unserer Mutter Erde beschlossen."

Aber wie das so ist im Leben: Auf Kinder hören die Erdlinge nicht.

Stichpunkt Tagtraum

Ein Mann fährt mit seinem Sohn ins Feld. Rechts vom Weg liegt ein eingezäuntes Grundstück, das einem Obst- und Gartenbauverein gehört. Als der Mann das Gartentor aufgeschlossen hat, fährt er seinen VW-Käfer auf den Parkplatz neben der Gartenhütte. Dort möchte er sich mit der Gruppe des Gartenbauvereins treffen. Er will das Schneiden der Obstbäume lernen.

Er hat einen Holzkohlegrill und Fleisch für alle mitgebracht. Auch Campingstühle, ein Zelt und Luftmatratzen für sich und seinen sechsjährigen Sohn. Auf dem Acker ist ein großer, spiralförmiger Kreis mit Apfelsetzlingen, in der Mitte ist eine Fläche von vier Quadratmeter Durchmesser frei. Genau dort schlagen sie das Zelt auf und richten es zum Schlafen ein. Der Holzkohlengrill wird gleich grillfertig aufgestellt.

Sie setzen sich auf die Campingstühle und trinken etwas Kaltes. Sie warten erst mal eine halbe Stunde, bis um fünfzehn Uhr. Da wollen die anderen eintreffen.

Auf einmal gibt es ein knackendes Geräusch, wie wenn jemand auf einen Ast tritt. Weit und breit kein Lebewesen in Sicht. Zehn Minuten später hören sie einen Schlag. Die Erde zittert. Den beiden wird unheimlich. Sie schmeißen alles ins Auto. Nichts wie weg.

Der Vater will gerade das Auto starten, da bekommt er einen Anruf vom Verein. Sie stünden im Stau, seien aber gewiss in einer halben Stunde da. Die beiden stellen Zelt und Grill wieder auf den Platz. Sie genehmigen sich noch eine Limo und ein Bier.

Die Zeit verrinnt langsam, und die Sonne macht sich zum Schlafen bereit. Der Junge sagt Gute Nacht und legt sich auf seine Luftmatratze. Es war ein anstrengender Tag, so viel frische Luft ist er nicht gewohnt.

Der Vater beschließt, noch auf die anderen zu warten. Er setzt sich mit einem frischen Bier vors Zelt. Ein Windhauch erfasst ihn. Plötzlich wachsen alle Setzlinge gleichzeitig in die Höhe. Er ist erschrocken, kann sich nicht mehr rühren und traut sich kaum zu atmen.

Etwa dreißig Männer in Tarnuniform stellen sich mit einem Bäumchen in der Hand im Kreis um ihn herum. „Bühne frei", schreit der Anführer und will ihm zeigen, was für eine grausame Folter sie mit ihm vorhaben.

Der erste Mann wird zu Boden geworfen. Ihm wird ein Messer an die Kehle gedrückt. Die Zunge hängt ihm raus. Dann werden glühende Zigaretten auf seiner Zunge ausgedrückt. Die Kleider werden ihm vom Leib gezerrt, bis er nackt ist, so wie Gott ihn schuf.

Ich musste, starr vor Angst, alles mit ansehen. Wenn ich auch nur ein Wort darüber verlieren würde, dann würden sie Schreckliches mit mir und meiner Frau anstellen, sagten sie. Dann …

Dann hat mein Sohn gehustet, und ich war wieder voll da.

Louise

Die Sonne schien noch warm. Man sah den Staub in der Luft flimmern, als wir zum Feuerwehrfest gingen. An diesem letzten Sonntag im Juli. Wir nahmen, wie jedes Jahr, an der Tombola teil. Pro Los ein Euro und das für einen guten Zweck. Da konnte man nicht meckern.

Wir sahen der Freiwilligen Feuerwehr bei ihren Übungen zu. In der Zwischenzeit aßen und tranken wir etwas. Gegen 16:00 Uhr konnten wir die Gewinne abholen. Meine Gewinne waren eine Schneeschaufel, eine rote Rewe-Einkaufstasche und ein roter Plastikstreifen für den Koffer. Mein Sohn hatte den ersten Preis bekommen, einen Saugroboter.

Toll, dachte ich, jetzt brauchen wir nicht mehr alle fünf Minuten staubsaugen, wenn die lieben Wellis Federn lassen.

Zugegeben, ich hasse Staubsaugen. Allein das Geräusch von diesen Saugern und dieses blöde „zieh und stoß mich" machen mich fuchsteufelswild. Da kam uns Louise wie gerufen. So nannte mein Sohn das runde Saugwunder.

Aber die meisten würden solche Possen nicht mitmachen: Eine Stunde saugen, sich ständig in den Fransen und unter den Möbeln verkeilen, dann piepen bis Louise der Saugroboter wieder befreit war. Wenn der Akku leer war, sieben Stunden laden. Des Nachts träumte ich, der Roboter in Louise wäre eine Drohne mit eingebauter Videokamera und würde uns für den BND ausspionieren. Der würde uns die Gründe verschweigen, uns manipulieren und anschließend eliminieren.

Um Mitternacht klingelte es bei uns Sturm. Der BND hatte uns tatsächlich ausspioniert, unsere Daten waren von Louise in die Zentrale geleitet worden. Nun meinten diese Leute, sie hätten einen guten Grund, unsere Wohnung zu durchsuchen. Mir lief es eiskalt den Rücken herunter. Ich kam mir wie in einem Gruselfilm vor. Sie wühlten alles durch, leerten die Schubladen, sogar mein Schuhregal und verstreuten alles auf den Boden. Der Gipfel dieser Aktion war, dass sie meine nagelneuen, roten Pumps mitnahmen. Da platzte mir der Kragen. Ich rastete völlig aus und fragte, ob sie einen Schuhfetischisten dabei hätten.

Schweißgebadet wachte ich auf und saß senkrecht im Bett. Der gläserne Mensch, wie weit sind wir noch davon entfernt?

Eine Geschichte aus den Worten:
Klo, Floh, Klopapier, Fliege

Gerade mal süße Sechzehn und schon mit dem Flugzeug nach Mallorca. Das Hotel ließ jede Menge zu wünschen übrig, aber man ist ja nur einmal jung. Es war ja auch nicht selbstverständlich, dass der fußballbegeisterte Freund zu so einem Kluburlaub einlud. Das war schon Klasse.

Nachdem wir den Pool und das Meer unsicher gemacht hatten, gingen wir abends in ein kleines Lokal. Die fünfzehn Männer und die drei Mädels aus der Fußballmannschaft waren fast alle Alkoholerprobt. In Spanien passte man sich an die touristischen Bräuche an, was für uns bedeutete: Sangria trinken bis zum Abwinken. Das war mit den frischen Früchten ein echter Genuss. Nur, wer schon nach eineinhalb Gläsern Bier aussteigen muss, wie es bei mir der Fall ist, der hat da ein echtes Problem. Nichtsdestotrotz trank ich im Laufe des Abends ungefähr einen Liter von dem köstlichen Gesöff.

Aufstehen und zurück ins Hotel war kein so großes Problem. Als ich mich ausgezogen hatte und das Zähneputzen sicherheitshalber ausfallen ließ, fiel ich ins Bett und schaute an die Decke. War das ein schwarzer Punkt oder gar eine Fliege, die dort ihre Bahnen flog? Oder flog die eher im Kreis? Je mehr ich nach diesem schwarzen Punkt schaute, desto übler wurde mir. Ich stand auf und schaffte es gerade noch zum Klo. Nachdem ich gespült hatte, putzte ich meine Spuren auf der Klobrille mit dem Klopapier ab. Das ging in etwa für drei Stunden so, dann gab ich auf. Es kam ja fast nichts mehr heraus. Ich legte mich einfach in die Badewanne. Zum Weiterschlafen, da war der Weg zum Klo wenigstens nicht so weit. Aber was sah ich da an der Wand auf den grünen Fliesen? Saß da etwa ein Floh?

Meine Gedanken drifteten ab: Schon erstaunlich, zu was mich die Frankfurter Schreibwerkstatt so alles bringen kann. Dabei habe ich doch ursprünglich eine Allergie gegen Hausaufgaben.

Salz und Pfeffer

Am Montag, den 11. Mai, machten wir den ersten Klassenausflug in diesem Jahr. Es ging mit dem Bus zu einem großen Pharmakonzern. Mein Klassenlehrer wollte einigen Klassenkameraden und mir eine Lehrstelle in diesem Konzern verschaffen. Er hatte dort gute Beziehungen und schon so manchen Schüler untergebracht, was er auch der ganzen Klasse immer wieder erzählte.

Mein Traumberuf war Tierärztin. Mit Tieren zu arbeiten und ihnen zu helfen war mein allergrößter Wunsch. Und wenn schon nicht Ärztin, so wollte ich wenigstens Tierarztassistentin oder zur Not auch Tierpflegerin werden. Nur etwas mit Tieren müsste es sein. Aber mit meiner Legasthenie hatte ich keine Chance auf ein Gymnasium. Wenn man bei jeder Deutscharbeit nicht weniger als sechzig Fehler produziert, hat man kaum eine Chance auf ein ausreichendes Zeugnis, um studieren zu können. Da nützte es mir auch nichts, dass ich in anderen Fächern sehr gut war. Und weil ich so auf Tiere fixiert war, meinte mein Lehrer, dass ich es bei der Pharmaindustrie weit bringen könne. Aber Hand aufs Herz, Tiere zu quälen für Medikamente, wenn auch dem Menschen zum Wohle, war nicht unbedingt meine berufliche Traumvorstellung.

Auf dem Gelände befanden sich zehn große, dreistöckige Hallen. In dem ersten Haus wurden Versuchsratten gezüchtet. Im zweiten Hunde, Dann gab es noch Mäuse, Hasen, Affen und Katzen. Die waren an manchen Stellen kahl rasiert, um verschiedenen Salben einzureiben und Spritzen leichter platzieren zu können. Bei den Mäusen hielten wir uns am längsten auf.

In der Arzneimittelbranche kommt man angeblich nicht ohne Tierversuche aus. Deshalb nehmen sich die Forscher auch das Recht, zum Beispiel Mäuse für ihre Versuche zu züchten.

Im ersten Käfig waren Salz und Pfeffer eingesperrt, zwei weiße Mäuse mit roten Augen. Man sagte uns, dass sie im Jahr bis zu zehn Mal zwischen sechs und neun Junge werfen würden. Mir ging durch den Kopf, dass es in der freien Natur nur drei bis sechs Würfe mit zwei bis zehn Jungen pro Jahr sind.

Ich hörte mir das alles - wie durch einem Nebelschleier - ganze zwei Stunden lang an. Mittlerweile war ich kreidebleich und wurde immer stiller. Von meinen sonst immer stetigen Fragen, die mir bei jeder Gelegenheit einfielen und oft auch ungefragt herausrutschen, war an diesem Tag kein Ton zu hören. Ich war unter Schock, riss die Augen auf und war mucksmäuschenstill,

Die Dunkelkammer

Sonntagabend war wie immer Gruseltime bei meiner Freundin. Da unsere Männer auf dem Fußballplatz zuhause waren, hatten wir es uns angewöhnt, sonntagabends einen Gruselfilm anzuschauen. Später mit dem Auto im Dunkeln alleine nachhause fahren ging gerade noch so.

Aber ich musste am nächsten Tag um 06:00 Uhr morgens ganz alleine zum Fotofachlabor fahren. Meine Arbeit begann um 06:30 Uhr in der externen Schwarzweiß-Dunkelkammer.

Ich ging also in den dünnen, schlauchförmigen Raum und hängte die Filme ein. Dazu musste ich die Rollen mit dem Öffner an der rechten Wand aufhebeln. Ich nahm die Filme im Dunkeln aus der Dose und zog sie von oben nach unten über den Rahmen. Unten wurden die Filme mit je einer Klammer beschwert, die an der Performation fixiert waren. Je sechs Filme pro Rahmen. Von den zwölf vorbereiteten Rahmen, auf die bereits die Filmdosen in einer Reihe mit einem 1 cm breiten Fahrradschlauchgummi befestigt waren, hatte ich erst vier Rahmen eingehängt. Da flog eine dicke Spinne in mein langes Haar. Normalerweise bin ich nicht so schreckhaft, aber nach dem Film am Vorabend rannte ich laut um Hilfe schreiend aus der Dunkelkammer ins helle Tageslicht.

Die neue Schreibdame

Mittwoch, heute ist wieder Schreibkreis. Ich freue mich wie Bolle, endlich meine lieben Mitschreiberlinge wiederzusehen. Nach einem ereignisreichen Tag setze ich mich mit gepacktem Rucksack auf mein Fahrrad und radle los. Erst zum Treffpunkt an der Kastanie, dort warte ich fünf Minuten. Sonnhild kommt nicht. Na, die hat vielleicht noch eine Kundin und kommt erst später nach. Auf geht es, den Fahrradweg entlang, immer geradeaus. Ich bin schon ganz gespannt auf die neuen Geschichten, die heute vorgelesen werden. Und frage mich, was die anderen wohl vom zweiten Teil meiner Geschichte über die Italienreise halten werden.

Wie ich so in Gedanken vor mich hin radele, stehe ich plötzlich vor unserer Schreibstube. Da fällt mir siedend heiß ein, dass der Treffpunkt heute beim Mongolen ist. Also muss ich eine Ehrenrunde drehen. Ist gut für die Figur, sage ich mir. Gesagt, getan, umdrehen und schnell zum Mongolen.

Ingelore steht schon an der Ampel. Sie hat es nicht weit und fragt, warum ich aus der falschen Richtung komme. Nachdem ich mein Fahrrad abgeschlossen habe, gehen wir gemeinsam in das Restaurant. Da wir die ersten sind, steuern wir auf unseren Lieblingstisch ganz hinten rechts in der Ecke zu. Gerade wollten wir uns etwas zum Trinken bestellen, da kommt die Neue herein gerauscht. Ich kenne sie noch nicht. Sie stellt sich vor: Sie heißt … mit ie. Das hat mit ihrer polnischen Herkunft zu tun, erklärt mir Ingelore später. „So auf den ersten Blick wirkt sie eigentlich recht sympathisch", denke ich im Stillen.

Nach und nach kommen auch die anderen. Hanne, Astrid, Sally und Michael, unser Hahn im Korb, nehmen Platz. Man macht sich mit der Neuen bekannt.

Als die letzten sich gerade gesetzt hatten, da legt die Dame auch schon los. Sie möchte wissen, wer von uns was schreibt. Welchen Stil wir haben, woher die Ideen kommen, und so weiter und sofort. Seit unserem letzten Neuzugang hatte ich mir eigentlich vorgenommen, mich da rauszuhalten. Aber die kommt rüber wie eine gemeine Klatschreporterin. Dann lässt sie auch noch ihre Wut auf Männer an unserem Chef aus. Der hat gerade sein Essen bekommen, und dass man mit vollem Mund nicht spricht, weiß ja wohl jedes Kind! Er kann sich also nicht einmal verteidigen, und das gleich beim ersten Treffen.

Es sollte eigentlich ein gemütliches Beisammensein vor unserer Lesung werden. Ich denke, die Neue hat vom starken Geschlecht so einiges einstecken müssen, weil sie so wahllos austritt. Aber sowas direkt beim ersten Mal in fremder Runde? Astrid ist die ganze Zeit still. Dann sagt sie der Neuen mit leiser Stimme deutlich, dass so etwas gar nicht geht. Die bewirft sie mit gemeinen Schimpfwörtern. Heute bin ich wohl im falschen Film gelandet, aber spannend ist es schon. Unter anderem erklärt die Neue in Folge, dass Lyrik sich nicht reimen darf oder soll. Keine Ahnung, ich habe es vergessen, ist sowieso nicht meine Richtung. Dann verkündet sie noch, dass sie nach dem Essen gleich gehen möchte.

Wir können es kaum erwarten bis sie verschwindet. Aber so einfach ist das dann doch nicht, denn wir wollen ja noch einige Texte lesen. Mir ist es vergangen. Bei Fremden lese ich nicht so gerne Geschichten über meine geheimsten Gedanken.

Hanne sagt, sie legt Wert auf meine Einschätzung, deshalb schreibe ich das hier auf, aber eigentlich hatte ich mir bei dem letzten Neuzugang schon genug die Finger verbrannt. Was mich an der Geschichte am meisten ärgert, ist, dass wir die arme Sally total erschreckt haben. Die denkt jetzt, wir sind Furien, die jeden Neuen zerreißen. Genau so wollten wir bestimmt nicht rüberkommen.

Hanne sagt, Texte, die nicht gelesen werden, kommen später nicht in unsere Broschüre. Dabei hatte ich, als sie im Urlaub war, sehr wohl zwei Texte gelesen, die die anderen gut genug für die Broschüre fanden. Nachdem diese neue Dame sich endlich verabschiedet hat, beschließen wir, dass die nächsten Anwärter erst drei- bis viermal auf Probe in unsere Schreibstube kommen sollen, bevor die E-Mail-Adressen, Telefonnummern und Texte ausgetauscht werden.

Für uns ist es vor einer Lesung nicht so einfach, auf Neue einzugehen. Wir haben alle Hände voll zu tun. Deshalb wäre es besser, wenn die Neuen erst ab November kämen. Wunschdenken, das kann man sich natürlich nicht aussuchen. Und fremde Leute zu unseren Schreibern nach Hause einladen, das geht schon gar nicht. Ingelore und Hanne sind ganz gespannt, wie ich die Dame einschätze. Dabei habe ich mit ihr kein Wort geredet. Sie wollte allerdings wissen, warum ich so still bin.

Summa summarum. Im November haben wir wieder einen freien Kopf und auch eine offene Tür in unserer Schreibstube, um den Neuen eine faire Chance zu bieten – nur jetzt war es eben knapp daneben.

Noch sitzen wir auf einem Pulverfass und warten, ob wir einen Zeitungsartikel über die Lesung verpasst bekommen. Nur keine Panik, Wie heißt es so schön: Schau' mer mal …

Die zwei Hexen

Vor etwa 300 Jahren gab es noch nicht die heutigen Medien, aber die Menschen hatten zu dieser Zeit andere Möglichkeiten der Unterhaltung, die nicht weniger spannend waren.

Das sah in etwa so aus: Im Hof einer Familie war eine riesengroße Linde. Um die herum eine runde Holzbank, auf der sich bei schönem Wetter an die zwanzig Personen versammelten. Im Frühling duftete die Linde betörend. Am 1. Mai des Jahres 1730, Montagabend um achtzehn Uhr, kam ein Gaukler vorbei, der spannende Geschichten erzählte.

Dieses Mal hatte er etwas über die Stadt Frankfurt mitgebracht: In der Alten Mainzer Gasse gab es ein Plätzchen, das lange Zeit keinen Namen hatte. Bis ihm die Leute den Namen gaben, den es noch heute trägt: das Hexenplätzchen.

Pest und Krieg waren über Frankfurt gekommen. Die Menschen hatten ihre Menschlichkeit und ihren Glauben verloren. Sie wurden lieblos und abgehärtet. Misstrauisch schauten sie auf andere, selbst auf die eigenen Nachbarn. Durch den Krieg standen viele Häuser leer.

Der Frankfurter Stadtrat, der sonst streng prüfte wer sich in Frankfurt niederlassen durfte, hatte entweder anderes zu tun oder hielt aus guten Gründen die Augen zu. So sammelte sich in den verlassenen Häusern ein buntes Volk, Fleißige und Faule, Laute und Stille, Ehrliche und Unehrliche. Fahrende, denen die Wanderlust im Blut spukte, so wie Ruhige und Sesshafte, die froh und glücklich waren, ein stilles Plätzchen gefunden zu haben.

In der Stadt gab es Misstrauen genug, richtete es sich doch am stärksten gegen die Fremden. Keiner wollte etwas mit ihnen zu tun haben.

In einem Häuschen in der Alten Mainzer Gasse wohnten eine alte Frau und eine wunderschöne Maid, die man für ihre Tochter hielt. Niemand wusste etwas über sie. Sie lebten still für sich und pflegten keinerlei Umgang. Da sie keiner Fliege etwas zuleide taten, hofften sie, dass auch sie in Ruhe und Frieden leben könnten.

Aber wie das Leben so spielt, es kam anders. Sie waren erst im Winter in das Haus eingezogen, so blieben sie anfänglich fast unbemerkt. Aber als die Leute im Frühling aus ihren dunklen Gassen strömten, sahen sie das alte, baufällige Häuschen, in dem die beiden Frauen eingezogen waren, wunderlich verändert. Die Scheiben strahlten blitzblank. Es gab Vorhänge, die blütenweiß waren. Im Garten und in den Blumenkästen grünte und spross es. Je höher die Sonne stieg, umso mehr waren Ringelblume, Ehrenpreis und Rosmarin zu sehen. Bedenklich war aber, dass zwei schwarze Katzen auf der Fensterbank herumlungerten und ein Rabe zwischen ihnen hockte und krächzte. Das Mütterchen lief gebückt, mit langer, krummer Nase, und wenn sie aus dem Haus kam, lockte sie den Vogel so lange, bis er auf ihre schiefe Schulter flog.

Das sahen die Alten des Dorfes nicht gern. Oft raunten sie sich schlimme Dinge zu.

Das junge Volk aber lachte nur über so viel Aberglauben und ging seine eigenen Wege. Wenn auch die Blumen vor dem Häuschen noch so schön blühten, weit schöner war das Mädchen. Und wenn sie liebevoll ihre Blumen pflegte, schlich so mancher Bursche vorbei, nur um einen Blick in ihre wunderschönen veilchenblauen Augen zu erhaschen. Keiner konnte sich je rühmen, dass sie ihn angesehen oder gar ein Wort mit ihm gewechselt hätte.

Unter den ansehnlichen Burschen entstand ein Wettstreit, um das schöne Mädchen zu gewinnen. Alle Mühe, die sich die Werber gaben, blieb jedoch völlig umsonst.

So verging der Sommer. Die dunkle Jahreszeit brach wieder an. Die Enttäuschten und die Abgewiesenen sannen auf Rache. Das ging so weit, dass sich weit über Frankfurt die Kunde verbreitete, die beiden Frauen seien zwei Hexen.

Dies kam auch einem jungen Feldwebel zu Ohren, der bei den kaiserlichen Reitern in Hanau auf die Auslöhnung und seinen Abschied wartete. Der Sinn stand ihm ganz allein danach, seine Mutter und seine Liebste, die in Frankfurt das Ende des Krieges abwarteten, bald abzuholen, um mit ihnen heimwärts zu ziehen. Als er von den beiden Hexen aus Frankfurt hörte, wurde ihm bald klar, dass damit nur die beiden liebsten Menschen gemeint sein konnten, die er besaß. Er erschrak aus tiefstem Herzen.

Rasch versammelte er ein paar frische Gesellen um sich. Gemeinsam sattelten sie die Pferde und ritten zügig Main aufwärts. In Frankfurt wurde das Gerede über die zwei Hexen immer ärger.

Schließlich sprangen ein paar Burschen vor, und die Tür, die sich ihnen niemals hatte öffnen wollen, sank unter ihren mächtigen Axthieben zusammen. Die armen Frauen schrien vor Furcht. Ein lärmender Haufen Pöbel versammelte sich und richtete einen Scheiterhaufen auf. Die Menschen banden die beiden angeblichen Hexen zum Verbrennen an einen Pfahl.

Schnell wie der Teufel und gerade noch rechtzeitig, kamen die wilden Reiter durch den Gewitternebel und befreiten die beiden Frauen. Sie hoben sie in den Sattel, und ehe man sich versah, waren sie im Nebel verschwunden.

Das Eckchen aber in der Alten Mainzer Gasse, wo das Haus gestanden hatte, heißt heute noch Hexenplätzchen.

Lava

Sie wollte ihn nicht wecken. Sanft wie der Flügelschlag eines Schmetterlings streiften ihre Lippen die seidenweiche Haut seiner linken Schulter zum Abschied. Etwas wehmütig verließ sie ihr kuscheliges Nest.

Der Sand war noch kalt und nass von der Nacht, als sie nur vom Licht des Mondes begleitet, barfuß und mit ihren alten Jeansshorts und einem lachsfarbenen Top bekleidet, den menschenleeren Sandstrand des Mittelmeers entlangging. Sie sammelte Treibholz für ihr Mobile. Als sich ihre Augen etwas an die Dunkelheit gewöhnt hatten, sah sie Muscheln, Schwämme, einen toten Krebs und Hühnergötter. Glasscherben, die das Salzwasser und der Sand zu bunten Steinen geschliffen hatten. Das Holz, wonach sie so sehnlich suchte, fand sie an diesem Morgen nicht.

Der Himmel war mit kleinen Wolken übersät, die im Schein der aufgehenden Sonne in allen nur erdenklichen Rottönen leuchteten.

Plötzlich spürte sie ein zartes Beben unter ihren Füßen. Sie sah, wie auf der gegenüberliegenden Insel das Magma in leichten Stößen aus dem Vulkan zu fließen begann. Vom bloßen Zuschauen taten ihr schon nach wenigen Minuten die Augen so weh, dass sie ihr Gesicht abwenden musste. Ein heißer Wind wehte in ihre Richtung und brannte sich fast durch ihre Haut.

Sie riss sich vom gleisenden Rot des Sonnenaufgangs los und blickte gen Süden, wo der Lavastrom noch stärker in gleichmäßigen Strömen in den Farben Schwarz, Orange und Lila aus dem Berg floss.

Ein ganz normaler Freitag

06:30 Uhr, der Wecker klingelt wie jeden Morgen. Ich gebe ihm eins auf die Mütze und sage: „Oh, halt doch endlich die Klappe." Müde schleiche ich mich Richtung Badezimmer. Besetzt, na toll. Mir fällt ein, dass doch gestern Abend kein Toilettenpapier mehr da war. Ich gehe zwei Etagen runter in den Keller, dann wieder nach oben. Klopfe an die Badezimmertür, sage kurz Bescheid und lege das Toilettenpapier vor die Tür. Da ich ja noch ein wenig warten muss, gehe ich zurück ins Schlafzimmer. Betten machen, die restlichen Zimmer lüften und mich anziehen. Das Bad ist jetzt frei, ich verrichte meine Morgentoilette. Dann gehe ich runter ins Erdgeschoss. Ich habe vor, Frühstück für meinen Großen und mich zu machen, aber der ist wohl schon zur Arbeit gegangen. Er hätte ja wenigstens Tschüss sagen können. Ich fühle mich etwas enttäuscht! Nach meinem einsamen Frühstück gehe ich nach oben. Ich muss ja noch einen Text für die Schreibwerkstatt in Frankfurt produzieren. Bislang hat ein Treffen mit dieser Gruppe von meiner Seite aus noch nicht geklappt, aber diesmal möchte ich es gern schaffen. Nachdem ich den Text geschrieben habe, räume ich noch meine Urlaubsbilder von der Speicherkarte.

So, jetzt aber schnell einkaufen. Ich greife nach meiner Armbanduhr auf dem Kalender. Oh Mist. Sie rutscht mir aus den Fingern, knallt auf die Fliesen und der Deckel geht ab. Ich denke, dass heute bestimmt nicht mein Tag ist!

Ich rufe meinen Mann auf der Arbeit an. Er hat einen Kollegen, der Goldschmied ist. Er sagt mir, wann ich am besten vorbeikommen kann. In der Pause möchte er dem Arbeitskollegen die Uhr mitgeben. Ich fahre unser Auto aus der Garage, dann geht es zur Bank, zum Bäcker und zur Buchhandlung, um das bestellte Buch abzuholen. Dann ab zu der Firma, in der mein Mann arbeitet. Ich parke das Auto ausnahmsweise mal vor dem Haupteingang und steige aus. Mein Mann will gerade zur Mittagspause gehen. Als er mich sieht, kommt er mir entgegen und nimmt mein Lieblingsschmuckstück in Empfang. Ich steige wieder ins Auto.

Neben mir steht jetzt auf einmal ein blauer Kombi, Ein Mann quetscht sich aus seinem Auto heraus. Ich möchte ihm so schnell wie möglich Platz schaffen. Um mich herum ist eine Baustelle, also fahre ich rückwärts in die andere Parkbucht. Der Presslufthammer macht einen fürchterlichen Krach, und die CD im Auto ist noch mit lauter Rockmusik, die mein Mann immer hört, zugange. Auf einmal fängt das Auto auch noch an, wie blöd zu piepen. Es knirscht, als wie wenn ich über einen Sandhaufen gefahren wäre. Ich mache die Tür auf und schaue, ob da ein Auto oder sonst was ist. Fehlalarm, okay. Ich fahre einen Meter vor, da ragen Eisenstangen aus dem Boden. Also Lenkrad einschlagen, einen Meter zurück und drehen. Dies ungefähr fünfmal. Der Baulärm ist furchtbar. Jetzt habe ich es endlich geschafft, auf dieser engen Einfahrt zu wenden. Nun kann ich zu meinem Einkauf starten.

Auf dem Aldi-Parkplatz sehe ich mir das Auto sicherheitshalber noch mal genauer an. Da ist nichts, wieso hat das nur so laut gepiept? Na ja, jetzt gehe ich erst mal zu Aldi zum Einkaufen, dann noch zu Penny und zu dm.

Ich fahre nach Hause. Nach meiner Hausarbeit, kommt mein Mann von der Arbeit. Endlich Wochenende! Wir trinken Kaffee, und er erzählt mir, dass vor seiner Firma ein weißes Auto einen Lichtpfosten umgefahren hätte. Die Fahrerin habe nichts bemerkt, wie der Pförtner sagte, und hätte Fahrerflucht begangen. Er habe zwei Stunden in der Firma nach dem Auto gefahndet, dann schließlich die Polizei gerufen und das Kennzeichen durchgegeben. Und diese Frau wegen Fahrerflucht angezeigt. Er erzählt mir, dass dieser Pfosten im Laufe eines Jahres schon siebenmal platt gefahren wurde. Dieses Mal sei er zwar nur ein wenig schief, aber der Chef habe angeordnet, dass eine Anzeige zu erfolgen hat.

Mein Mann schaut mich an, dann fällt ihm der Kiefer runter. Er hat bei meinem Blick Zwei und Zwei zusammengezählt.

Er ruft den Pförtner an, um ihm die Sachlage zu erklären. Der hat aber schon Anzeige bei der Polizei erstattet. Der Chef ist bereits im Wochenende und nicht mehr zu erreichen. Wir gehen zur Garage und betrachten unser Auto. Es ist ziemlich schmutzig. Wir sehen nichts. Ich gehe wieder rein, und mein Mann redet noch mit dem Nachbarn. Der sagt, dass vorhin zwei Polizisten um unser Haus gegangen wären.

Wir fahren zur Firma. Dem Pförtner tut das mit der Anzeige schrecklich leid. Ein Firmenfahrer spielt sich auf und meint, das gäbe eine Anzeige wegen Fahrerflucht mit einem Monat Führerscheinentzug und Punkte in Flensburg.

Jetzt steht dort weit und breit kein Auto mehr, und die Bauarbeiter haben Feierabend gemacht. Auf einmal sehe ich da zwei Pfosten, Der eine ist etwas schief, als wäre er angebummst worden. War ich das gewesen?

Wir fahren wieder nach Hause. Mein Mann ruft bei der Polizei an und sagt, dass er abends, wenn der zuständige Wachmann Dienst hat, vorbeikommen will. Ich habe auch noch meinen Termin in Frankfurt. Jutta schreibt mir per E-Mail, dass sie nicht mitkommen kann, weil sie krank aus Heidelberg zurückgekommen ist. Also alleine nach Frankfurt fahren? In meiner jetzigen Verfassung? Nein Danke. Ich muss Tamara, so leid es mir tut, schon wieder absagen. So ein Mist, ich bin auf diese Tamara echt gespannt. Den Namen gibt es ja nicht so oft. Könnte das die kleine Schwester unseres Jugendschwarms aus der fünften Klasse sein? Vielleicht erfahre ich es im November.

Mein Mann ruft um 18:00 Uhr die Polizei an und fährt anschließend hin. Der Wachmann schaut sich unseren Wagen sehr genau an und zeigt ihm eine Stelle rechts hinten an der Stoßstange, die etwas abgeschürft ist. Ein winziger, nur ein Millimeter großer Fleck über der Stoßstange, wo die weiße Farbe fehlt. Er sagt, dass ich am Montag um 13:00 Uhr auf der Wache erscheinen soll.

Als mein Mann nach Hause kommt, erzählt er mir vom Schaden an unserem Autohinterteil. Ich denke: „Warum ausgerechnet beim neuen Auto, und warum ausgerechnet ich?" Ich bin sonst so vorsichtig, fahre meist sogar lieber mit dem Rad, auch um Sprit zu sparen. Zum Glück ist keinem Menschen was passiert, also Glück im Unglück. Auf jeden Fall müssen wir jetzt abwarten. Schauen wir mal, wie es weitergeht!

Der Samstag verläuft einigermaßen normal mit Arbeit im Garten. Ich habe noch Kichererbsensuppe vom Freitag, was bei meinen Männern nicht so gut ankommt. Aber damit müssen sie leben, jetzt ist die Packung sowieso leer und ich habe versprochen, keine Kichererbsen mehr zu kaufen. Mein Mann schlägt vor, dass wir bei gutem Wetter am Sonntag noch eine Motorrad-Tour zum Rhein machen.

Der Sonntagmorgen ist trüb und regnerisch. Wir frühstücken erst einmal die leckeren Brötchen, die unser lieber Jonas frisch vom Bäcker geholt hat. Ich gehe die Treppen nach oben an den Computer und sehe meine E-Mails durch. Mein Mann sagt Tschüss, er müsse nochmal in die Firma, Vorbereitungen für Montag treffen. Er joggt hin, damit schlägt er gleich zwei Fliegen mit einer Klappe.

Gegen 13:00 Uhr ist er wieder zu Hause, und wir essen zu Mittag. Ich spüle Geschirr, ruhe mich einen Moment aus.

Dann rein in die Motorradklamotten. Als verwöhnter Naturstoff-Freak, sieht das bei mir so aus: Unterwäsche, Socken, T-Shirt und Leggins aus Baumwolle. Winterleggins obendrauf, Jeans, Fleece-Pullover, Nierenschutz und Lederjacke vom Sohn. Dann Lederhandschuhe, Riesenseidentuch, Sonnenbrille, Helm und Lederstiefel. So, jetzt habe ich alles an und kann mich - wie immer - kaum noch bewegen.

Wir holen das Motorrad raus, und ab geht es zum Tanken. Wieder absteigen, warten. Dann auf die B3 und in Richtung Odenwald. Kaffeetrinken mit Bombenaussicht. Wir kurven ungefähr drei Stunden durchs Gelände. Das Café am Berg scheint es nicht mehr zu geben.

Wir wenden, fahren hoch auf eine Seitenstraße. Da passiert es, das Motorrad gerät aus dem Gleichgewicht. Mein Mann motzt, ich würde ihn umschmeißen. Ich ziehe mit dem rechten Arm an seiner Lederjacke, damit er oben bleibt und bin mir keiner Schuld bewusst. Ich versuche, mich mit dem linken Fuß vom Boden abzustützen. Der ist, wie immer, nicht zu erreichen. Bei dem blöden Bock fehlen mir dreißig Zentimeter. Deshalb wollte ich auch lieber einen Roller, weil da die Sitzbank gleich hoch ist, und der Sozius nicht dreißig Zentimeter höher über dem Fahrer thront. Das Motorrad legt sich auf die linke Seite, mein Fuß kommt auf den Boden, und ich versuche das Motorrad zu stützen. 380 Kilogramm auf meinem linken Ballen! Nach einer Minute kann ich das Gewicht nicht mehr halten, wir kippen in Zeitlupe um. Meine bessere Hälfte will einfach alles so liegen lassen und den Schock bei einem Kaffee im gegenüber liegenden Leonardtshof verarbeiten. Ich überrede ihn, erst die Fahrbahn zu räumen. Wir heben das Motorrad gemeinsam hoch und stellen es auf der anderen Straßenseite ab. Es ist auf der linken Seite etwas verbeult und an der Verkleidung abgeschürft. Der Bremshebel steht auch ein wenig in die andere Richtung. Bei uns funktioniert zum Glück noch alles, die blauen Flecken werden wir morgen zählen.

Auf den Schreck haben wir uns den Kaffee wirklich verdient. Wir wollen gar nicht daran denken, was passiert wäre, wenn in diesem Moment ein Auto den Berg runter gesaust wäre. Bei Kaffee und Kuchen denke ich an meine Mama. Sie hat mir das Motorradfahren mit meinem Mann auszureden versucht. Wenn sie wüsste, was heute passiert ist, dann würde sie uns beide samt Motorrad durch den Fleischwolf drehen. Wir beschließen, dass wir ihr von diesem Tag besser nichts erzählen.

Als ich zu Hause die Stiefel ausziehe, merke ich, dass da etwas sehr schnell dicker wird und verdammt wehtut. Wir trinken einen Schokoladentee, dann gehe ich ins Schlafzimmer, lege mich auf das Bett und schlafe vor dem Fernseher ein. Wie immer.

Am nächsten Morgen bleibe ich erst mal im Bett. Meine Männer frühstücken gemeinsam alleine. Mein Mann ruft von der Firma aus an und sagt, dass er mich um 12:30 Uhr abholen und zur Polizeiwache bringen will. Ich bin heilfroh, dass ich weder Auto noch Fahrrad fahren muss.

Auf der Wache werde ich wegen des Unfalls auf dem Firmengelände befragt und darauf hingewiesen, dass ich die Anzeige in etwa vier Wochen mit der Post bekommen werde. Mit unserer Post? Bei der uns die Sendungen manchmal gar nicht erreichen, weil sie des Öfteren im Bach landen? Das ist, als würde man auf einem Pulverfass sitzen.

Wir fahren nach Hause. Mein Mann will mir vor der Garage die verschiedenen Piepstöne am Auto erklären. Ich hole noch schnell die Mülltonne von hinten, morgen ist Müllabfuhr. Da tut es einen Knall. Mein schlauer Mann hat das Auto ans Garagentor gesetzt! Ich bin stinksauer. Das war doch pure Absicht oder? Ich denke: „Warum dürfen Männer so was?"

Als ich meine E-Mails durchlese, stelle ich fest, dass diese Tamara enttäuscht ist. Weil ich sie schon wieder versetzt habe. Kann ich gut verstehen. Aber wäre Jutta nicht krank geworden oder wäre mein Mann mit mir nach Frankfurt gefahren, dann hätte ich sie dieses Mal ganz sicher nicht noch einmal versetzt. Bisschen viel wäre auf einmal, oder?

Urlaub oder so

Ein Fotoseminar auf Sylt

Ich bin schon wochenlang durch den Wind. Jetzt ist es endlich so weit. Ich bin das erste Mal ohne Familie unterwegs.

Mittwochmorgen, mein Mann holt mich ab. Wir fahren nach Langen zum Bahnhof. Susanne ist schon da, genauso vollgepackt wie ich. Wir sehen noch einmal nach, wann die Regionalbahn kommen soll. Jetzt aber schnell zum Bahnsteig. Da ist er auch schon, unser Zug nach Frankfurt. Wir schleppen unsere Siebensachen hinein und ab geht es.

In Frankfurt holen wir uns einen Coffee-to-go. Unser ICE fährt ein. Wo ist der erste Wagen? Wir haben Platzkarten. Da die Sitznummern nicht so richtig mit unserer Buchung übereinstimmen, gehen wir ein paar Wagen weiter nach vorne. Da, endlich haben wir unsere Plätze gefunden. Jetzt geht es erst mal nach Hamburg-Altona.

Susanne sagt, sie ist ganz schön zappelig, sie findet Zugfahren immer wieder aufregend. Bei Göttingen ertönt eine Durchsage, es gäbe technische Probleme, heißt es. Unser Zug hält mitten in der Pampa. Aussteigen ist nicht, also müssen wir warten. Es fängt an zu schneien. Nach fünfundzwanzig Minuten geht es langsam weiter. Wir kriechen die Kasseler Berge hinauf. Weiter geht es; endlich werden wir schneller.

Unser Anschlusszug fährt eine Dreiviertelstunde später, es reicht gerade so zum Umsteigen in Hamburg. Susanne und ich packen unser Frühstück aus. Wir teilen uns Nüsse und Mandarinen. Zum Abschluss hat sie noch einen Pocket Coffee für uns dabei. So, jetzt aber Nonstop nach Westerland. Der Zug holt die Verspätung fast auf.

Wir beschließen, uns ein Taxi zu leisten. Mit der Masse Gepäck ist das Busfahren bestimmt nicht lustig. Bevor wir einsteigen, fragen wir den Fahrer, was das kostet. So um die zehn bis dreizehn Euro bekommen wir zur Antwort. Wir lassen unser Gepäck einladen, dann unterhalten wir uns nett mit dem Taxifahrer. Und Schwups, da sind wir doch glatt durch Westerland durchgefahren.

In der Zentrale fragt unser Fahrer nach, wo sich das Hotel befindet. Wir müssen wenden. Auf der anderen Seite der Stadt befindet sich unsere Bleibe für die nächsten vier Tage. Auf dem Taxameter stehen schon fünfzehn Euro fünfzig. „So kann man auch Geld machen", denke ich im Stillen.

An der Rezeption holen wir unsere Schlüssel. Da steht Ilona auf einmal vor uns und kurz darauf auch Marianne. Wir fragen: „Wo habt ihr Werner gelassen?" „Der wollte mit Marianne tauschen. Ihr müsst jetzt sofort die Koffer auf eure Zimmer bringen. In fünf Minuten gibt es Abendessen, anschließend müssen wir sofort in Haus 5, in den Seminarraum im Dachgeschoss.", erklärt unsere Chefin Ilona.

Es gibt ein reichhaltiges Angebot von Speisen, das wir aus Zeitmangel aber nur zum Teil in Anspruch nehmen können.

Wir gehen noch mal kurz aufs Zimmer, holen Laptop und Verlängerungskabel. Dann müssen wir mit dem Aufzug wieder hochfahren, dieser geht aber nur bis zum ersten Stock. Wir durchqueren nochmals den Speisesaal. Oh, dieser Duft, aber wir haben leider keine Zeit. Am anderen Ende befindet sich eine Treppe, die in das Dachgeschoss führt.

Wir machen die Tür auf, drin ist es mucksmäuschenstill. Vierundzwanzig Personen sitzen vor ihren Laptops und starren uns an. Susanne und ich sagen Guten Abend und quetschen uns hinter den Kursteilnehmern vorbei zu unseren Plätzen. Im Akkord werden Dreiersteckdose, Verlängerungskabel, Maus, Brille, Kuli und Papier verteilt. Auf jedem Tisch stehen drei Flaschen Wasser und Gläser. Horst heißt uns willkommen, dann legt er auch gleich los mit dem Stoff. Er bietet uns an, dass wir jederzeit fragen können, falls etwas unklar ist. Susanne schaut mich an, unsere Köpfe fangen an zu qualmen.

Nach einer Stunde gibt es die erste Pause und drei Stunden später dürfen wir den Raum verlassen. Das war nur die kleine Einführung, morgen früh um halb Neun soll es dann weitergehen. Um zwölf Uhr gebe es Mittagessen und um Zwei gehe es zum Strand. So lange habe ich das Meer noch nie warten lassen. Nun denn, ein Seminar ist ja auch kein Urlaub.

Endlich können wir die Koffer auspacken. Die Akkus meiner Kamera und meines Handys sind leer. Ich lade sie während des Duschens. Wir gehen so früh wie möglich zu Bett. Als ich den Wecker stellen will, stelle ich fest, dass ich gar keinen eingepackt habe. Andere Leute würden jetzt ihr Handy auf Wecken stellen. Das habe ich aber noch nie gemacht, also muss es auch so gehen.

Um vier Uhr nachts wache ich auf. Ich beschließe, gleich aufzubleiben, so kann ich wenigstens nicht verschlafen. Warum auch nicht um fünf Uhr Zähne putzen, Katzenwäsche machen und Anziehen? Geht doch!

Um halb Acht gibt es Frühstück, da wird erst mal nachgetankt. Dann kurz aufs Zimmer, Laptop und Zubehör holen, und los geht es wieder zum Seminar. Schon besser, jetzt sitzen nur fünf Personen da. Susanne meint, wir wären Streber. Auch gut, besser so als zu spät kommen. Wir bekommen unseren Stoff verpasst, dann gibt es eine kleine Pause und um halb Eins ist Mittagspause. Wir wählen Fisch. Wenn man schon mal an der See ist, muss man das ausnutzen! Zum Trinken bestellen wir uns Apfelsaftschorle und Wasser.

Nach dem Essen wollen wir zahlen. Die nette Bedienung ist neu und hat von computergesteuertem Bezahlen keine Ahnung. Es dauert zu lang. Wie sollen wir da um Zwei wieder startklar sein? Wir bezahlen bar. So schaffen wir es gerade noch, pünktlich zu sein.

Der zweite Seminarleiter heißt Helge und erklärt uns, worauf wir beim Fotografieren achten sollen. Hochinteressant. Ich sehe Susanne an. Wir stellen fest, dass wir blutige Anfänger sind und fragen uns, ob wir bis jetzt nur mit Glück ein paar gute Fotos hinbekommen haben. Je mehr wir hören, umso laienhafter kommen wir uns vor. Aber so viel gelernt, wie in diesen zwei Stunden, haben wir auch noch nie: Goldener Schnitt ist nicht mehr in, liegt eher links unten oder rechts unten; man muss sich in ein Foto hineinziehen lassen. Eine Linie, die durchs Foto führt und sich zum Höhepunkt steigert. Wo sind die zwei Stunden geblieben?

Mittagspause. Fotoapparat einpacken und endlich ab in Richtung Meer. Wir vereinbaren, dass die Seminarleiter vorangehen. Eine Treppe führt zum Strand. Wir bekommen erklärt, dass der Besen mit dem roten Schild auf jedem Bild störend wirkt. Gar nicht so einfach, den Lauf der Holztreppe als Führung zum Strand, ohne das beschriebene Rote, zu erwischen!

Wir bekommen als Aufgabe des Tages: Zwei Aufnahmen abliefern. Endlich dürfen wir unsere Kameras ausgiebig benutzen. Ohne Vorschriften. In den Sand legen, auf die Knie gehen, Vogelperspektive nutzen. Alles kann, nichts muss. Das kommt uns schon wesentlich vertrauter vor, richtig heimisch.

Am nächsten Tag geht es nach dem Frühstück gleich wieder los. Jetzt sind die verschiedenen Ebenen dran. Uns qualmt der Kopf, aber es ist so was von Klasse, was man da alles machen kann. Wir kommen aus dem Staunen nicht mehr heraus.

Heute gibt es viel früher Abendessen, Grünkohl mit Wurst oder mit grünem Hering. Diesen Abend haben wir frei. Wegen des Birkenfeuers. Das ist auf Sylt ein ganz besonderes Ereignis. Jeder bekommt eine Fackel und Feuer, und ab geht es. Raus aus dem Hotel und immer geradeaus bis zum Feuerplatz. Da uns unsere Kameras lieb und teuer sind, machen wir sicherheitshalber Fotos ohne brennende Fackeln in der einen Hand. Es ist ein unvergesslich schöner Anblick: Die brennenden Fackeln, dann alles auf den Holzstapel, dass die Funken nur so sprühen. Der Mond kommt hinter einer Wolke hervor, gestochen scharf. Als wir uns sattgesehen haben, gehen wir zurück zum Hotel. Wir laden noch die Aufnahmen auf unsere Laptops, dann sind wir platt. Schnell noch duschen und endlich schlafen gehen.

Am Morgen geht es um halb Neun auch schon wieder los. Ab in unserem Seminarraum. Wir bekommen die Ebenen noch einmal ausführlich erklärt, dann suchen wir das Bild mit dem weißen Pferd. Es soll nun Sonnenstrahlen bekommen. Mit etwas Hilfe werden sie bei mir ziemlich eckig. Susanne macht die Farben falsch herum. Aber es ist schon Klasse, was man alles machen kann.

Nach dem Mittagessen ist ein Busausflug nach List geplant. Horst, unser Oberboss, ist krank geworden. Also muss Helge alles alleine machen. Marianne, Ilona und ich warten auf Susanne. Da wird Ilona auf einmal weiß wie eine Wand und murmelt: „Oh Gott, ich habe meine Kamera vergessen, so was ist mir noch nie passiert." Schnell geht sie aufs Zimmer und holt sie. Inzwischen bin ich Susanne entgegengegangen. Wir steigen in den Bus nach Westerland.

Krass, da ist auch schon mein gesuchtes Motiv. Die schiefen Menschen. Ich nehme mir vor, sie auf dem Heimweg zu fotografieren. Wir fahren an einem tiefgefrorenen Bach entlang, dann sind wir endlich in List. Da ist ja auch das nördlichste Fischlokal. Mit Außenfass zum Speisen und ein Leuchtturm oben drauf.

Helge gibt uns drei Möglichkeiten zur Auswahl: Nordsee mit Eisrand, Wanderdünen oder Hafen von List. Dann führt er uns am Strand entlang zu einer Betontreppe in einer einzigartigen Form. Susanne und ich sind nicht mehr zu halten. Uns zieht es zum Strand.

Wir hören von den fantastischen Tipps leider nichts und Ilona bekommt gesagt, sie hätte ihr Team nicht gut im Griff. Wir schämen uns, das war nicht böse gemeint, es war einfach mit uns durchgegangen. Davor schützt auch das Alter nicht.

Nachdem Ilona ihre Schäfchen eingesammelt hat, gehen wir zum Kaffeetrinken nach List. Wir wollen eigentlich nur ein kleines Stück Kuchen, aber das sind vielleicht Monsterstücke!

Um Fünf fahren wir wieder zurück. Jetzt wird es auf einmal auch kalt. An der zweiten Haltestelle steigt eine Gruppe zu. Die Leute sind mehr als blau, sie pöbeln sich laut an. Die meinen doch glatt, so was bekommt keiner mit! Auf jeden Fall riecht es mit einem Mal nicht mehr nach Bus, sondern wie in einer Schnapsbrennerei. Ich bin froh, als die, ohne eine Schlägerei anzufangen, wieder ausstiegen.

Am Abend sind wir mit einer Flasche Sekt in Ilonas Zimmer. So viel wie an diesem Abend habe ich seit der Zeit meiner Abschlussfahrt nicht mehr gelacht. Dort kommen wir auch auf unsere „echten" Namen. Darf ich vorstellen? Ilona: Fotogräfin, Marianne: Stempel-Queen, Susanne: Protokollantin, Gabriela: Träumerle.

Am nächsten Tag dürfen wir eine halbe Stunde später in den Seminarraum kommen. Das ist fast wie Urlaub. Länger schlafen und so. Wir lernen bis halb Eins, dann ist Mittagstisch. Danach haben wir zwei Stunden frei.

Susanne und ich beschließen, uns das Rantumbecken genauer anzusehen. Wir treffen uns vorm Haus und überqueren die Straße brav an der Ampel, dann geht es noch ein Stück durch das Neubaugebiet. Danach immer geradeaus. Den ganzen Weg bis zum Wasser bläst ein bitterlich kalter Wind.

Am Hafen ankommen, sind wir bereits durchgefroren und enttäuscht. Kein einziges, klitzekleines Boot hat sich bis hierher verirrt. Wir machen ein paar Fotos und gehen dann schnell wieder zurück. Die Zeit ist uns davongelaufen. Wir haben um halb Vier schon wieder einen Kurs, das letzte Mal.

Heute bekommen wir sogar die Erlaubnis, in der Pause Kaffee und Kuchen zu uns zu nehmen. Zur Feier des Tages. Auf jeden Fall haben wir noch nie in so wenig Zeit so viel gelernt wie hier. Und immer sofort Hilfe gehabt, wenn wir etwas nicht wussten oder konnten. Und dies war nicht gerade selten.

Das absolute Highlight des Abends sind die zehn Bilder, die das Grafikprogramm Photoshop Elements 10, wie von Zauberhand auf den Millimeter genau, zu einem Panorama macht. Wir sind platt. Vielmehr ehrfürchtig.

Nach dem letzten Kursteil und dem Abendbrot geht es ans Packen. Für Susanne und mich ist schon bald wieder Zeit zum Abreisen. Nachdem ich meinen Koffer gepackt habe - was ich bislang noch nie alleine gemacht habe - geht dieses Teil doch glatt nicht mehr zu. Ich klopfe bei Ilona und erkläre ihr mein Problem. Wir laufen erst mal eine Runde um die Häuser und reden. Dann meint sie, ich soll den Laptop draußen lassen. Eine gute Idee, aber wenn man so durch den Wind ist, kommt man einfach nicht von alleine drauf. Ich gehe auf mein Zimmer, packe um und siehe da, der Koffer geht zu. Ich lege mich ins Bett. Endlich Schlafen.

Um drei Uhr werde ich wach. Mein Nachthemd will ich nicht auch noch in der Handtasche haben, also verstaue ich es im Koffer. Dann putze ich mir die Zähne, mache Katzenwäsche und lege meinen Kulturbeutel in den Koffer. Danach sehe ich mir noch die Bilder von Helge in aller Ruhe an.

Ich beschließe, die Augen für fünf Minuten zu schließen, um etwas zu entspannen. Da nicke ich ein. Es klopft. Susanne steht ohne Schuhe, nur in Strümpfen, vor der Tür. Sie erklärt mir, dass die Schuhe schon im Koffer sind und meint, sie hätte schon vier Mal angerufen. Sie fragt, ob ich das Telefon nicht gehört habe. Nein, ich hatte weder das Klopfen noch das Telefon gehört. Was für ein Glück, dass ich Susanne am Abend vorher gebeten hatte, dass sie mich wecken soll. Ich sage ihr, dass ich sie in fünf Minuten abholen würde.

Wir gehen zum Frühstück und trinken erst mal einen Kaffee zum Wachwerden. Die Kellnerin sagt mir, dass ich meine zwei Brötchen für das Lunchpaket selbst schmieren darf. Als das erledigt ist, gehen wir noch mal aufs Zimmer.

Ich bringe den Koffer in den Gang neben der Rezeption. Frage nach dem Heimreiseschild für den Koffer und erfahre, dass auf meinem noch kein Name steht. Ich versuche auf dem Koffer zu schreiben, aber das geht nicht. Ich fülle das neue Schild aus und will das alte abreißen. Geht aber nicht, es ist überaus reißfest. In meiner Bauchtasche befindet sich ein Stilet ähnliches Klappmesser, Mit dem entferne ich nun das alte Schildchen. Na bitte, geht doch.

Aber das Messer lässt sich nicht mehr zuklappen. Ich verstecke es hinter meinen Mantel und verabschiede mich von den netten Leuten an der Rezeption. Dann gehe ich mit dem offenen Messer in der Hand auf Susanne zu und frage sie, ob sie weiß, wie man so etwas einklappt. Sie schüttelt verängstigt den Kopf. Und als wir uns etwas beruhigt haben, geht das Messer babyleicht zu. Susanne und ich sitzen noch eine Weile im Vorraum bis unser Taxi kommt. Wir verabschieden uns von der Fotogräfin Ilona und der Stempel-Queen Marianne. Auf geht's zum ZOB nach Westerland.

Mein Handy ist auf einmal weg. Ich bitte Susanne um etwas Geduld, um noch kurz meine Handtasche durchsuchen zu können. Na bitte, das Handy ist da. Wir drücken uns noch mal kurz, und das Taxi fährt ab. Jetzt bin ich ganz alleine. Das heißt auch, ganz alleine Zug fahren. Das habe ich noch nie gemacht - aber ich bin ja schon groß.

Wo sind die grünen, schiefen Menschen? Ich schaue vor und hinter den Bahnhof, Nichts, keine da. Ich habe noch Zeit, da kann ich mir ja noch einen Kaffee gönnen. Ich setze mich ins Café, aber das mit der Bedienung dauert viel zu lange. Also stehe ich wieder auf und gehe in den Souvenirladen, in dem es schön warm ist. Ich finde sogar noch eine Kleinigkeit für meine Lieben zu Hause. Nach dem Bezahlen gehe ich auf der anderen Seite des Ladens raus. Und siehe da, dort sind ja die schiefen, grünen Menschen. Ich mache meine Fotos, dann schlendere ich zu Gleis 1.

Da steht ein Zug mit Verspätung. Das gleiche Ziel. Es ist mein Zug, so ein Zufall! Ich steige ein. Jetzt geht es schnell mit der Bahn über den Hindenburgdamm, im Anschluss übers Meer nach Klanxbüll. Dann erreichen wir Niebüll. Hier werden, wie auf der Hinfahrt, wieder nagelneue LKWs auf Züge verladen. Ich sehe auch eine Mautstelle, wie in Italien. Dann grüne Wiesen mit einer Schafherde. Eins ist braun und bei der nächsten Herde ist ein schwarzes Schaf dabei. Da ist schon Langenhorn. So viele Maulwurfhügel auf einmal habe ich noch nie gesehen. Daneben zwei friedlich grasende Schafe. Ich nenne sie im Stillen Ilona und Marianne. Es folgt Bredstedt.

Ich komme mir sehr verlassen vor. Minimale Schneereste und leere Lkw-Anhänger. Der Zug rollt durch Husum und Friedrichstadt. Es beginnt sachte zu schneien. Ich sehe riesige, weiße Vögel. Sind es Schwäne oder gar Störche?

Im Zug sitze ich neben zwei Brüdern, Hans und Karl. Der Ältere hat das Down-Syndrom. Der Jüngere kümmert sich rührend um seinen

Bruder. Beantwortet alle Fragen, macht die Zugfahrt zu einem einmaligen Erlebnis. Karl sagt: „Jetzt kommt gleich eine Brücke." Wie die meisten Menschen, die etwas anders sind, hat er in manchen Dingen ein phänomenales Gedächtnis.

Wir fahren über eine Brücke und einem breiten Fluss nach Lunden. Ein Bahnmitarbeiter fährt mit einem Servierwagen vorbei. Ich bestelle mir einen kleinen Kaffee und sehe, dass Pferde auf der Weide stehen. Ist denen nicht kalt? Es fällt wieder Schnee. Die Landschaft sieht wie mit Puderzucker bestäubt aus. Da kommt auch schon der Nord-Ostsee-Kanal. Es folgen Itzehoe, Elmshorn, Hamburg-Altona, und dort heißt es wieder umsteigen. Nun muss ich mich da auch von den netten Brüdern verabschieden. Die fahren nach Siegen weiter.

In Hamburg habe ich nur zehn Minuten, um Gleis 11 zu finden, wo der ICE nach Frankfurt stehen soll. Gleis 11 ist schnell zu finden, aber mein gebuchter Sitzplatz in Wagen 1 ist unauffindbar. Also begebe ich mich in Wagen 2. Wieder nichts. Drei Waggons weiter, und ich bin im richtigen Wagen an meinem richtigen Platz. Die Sitzbank habe ich die ersten 150 Kilometer für mich ganz allein. Ich mache es mir bequem.

Beim nächsten Halt beschließe ich lieber Platz zu machen. Das ist mein Glück, denn es steigt ein sehr kräftiger Mann ein. Der bringt locker drei Zentner auf die Waage und setzt sich neben mich. Da sitze ich nun in einer Männchen-rühr-mich-nicht-an-Stellung und traue mich nicht, mich zu bewegen oder gar aufzustehen. Ich müsste mal dringend auf Toilette. Ausgeschlossen. Bis Göttingen liegen wir in der vorgegebenen Zeit nur um fünf Minuten zurück, aber daraus wird später doch noch eine Stunde.

Meinem Nachbarn bricht der Schweiß aus. Er erzählt, dass er einen wichtigen Termin habe und sein Anschlusszug nicht auf ihn warten wird. Man könne sich auf die Bahn nicht mehr verlassen. Um sechs Uhr rufe ich meinen Mann an und sage ihm, dass mit einer Stunde Verspätung zu rechnen ist.

Als der Zug einrollt, ist keiner von meinen Männern da. Ich sehe sie jedenfalls nicht und mache mich schon bereit, von Gleis 11 zu Gleis

111 zu wechseln. Ich gehe langsam am Zug entlang bis zum Ausgang. Da sind sie ja. Wir begrüßen uns und suchen unser Auto auf dem Parkplatz. Wir fahren durch Frankfurt, dann die Autobahn rauf und wieder runter. Noch ein kleines Stück durch den Ort. Endlich zuhause.

Drei Tage später stelle ich fest, dass im Zug die Grippe mein Begleiter war. Oder hat es mich schon bei Herrn Och an der Haltestelle erwischt?

Das Chorwochenende

Es war ein kalter Septemberabend. Der Regen wollte und wollte nicht aufhören. Wir entschieden, dass mein Mann, unser Ältester und ich nicht wie geplant für eine Woche Camping bei München, sondern für zehn Tage nach Italien mit Sonne, Strand und Meer verreisen würden. Noch einmal Wärme tanken bis zum Abwinken.

Da ich ständig im Clinch mit unseren Kalendern bin und anscheinend nicht richtig Lesen beziehungsweise nicht Umblättern kann, sah das letztendlich so aus: Zuerst kam das Wochenende mit dem Kirchenchor auf Ebernburg, danach erst Italien. Also ein Wochenende weniger in Bella Italia. Das hieß in diesem Fall Stereo-Packen.

Nach diesem äußerst schwierigen Packvorhaben, fuhren wir mit unserer Nachbarin, die sich selbst eingeladen hatte, zum Chorwochenende nach Ebernburg.

Vor Ort musste ich feststellen, dass man mit der Treppe nicht bis in den zweiten Stock kam. So ein Mist. Ich hasse Aufzüge. Trotzdem musste ich mit dem Aufzug nach oben. Da meinte unsere Nachbarin, ich könnte ja bei ihr im Ehebett schlafen. Und meine beiden Männer in unserem Zimmer, das zwei getrennte Betten hatte. Hallo? Wofür hatten wir ein Doppelzimmer für uns und ein Einzelzimmer für unseren Sohn bestellt? So etwas kam gar nicht in die Tüte, und das sagte ich ihr auch gleich.

Aber es gab auch nette Erfahrungen mit ihr: Nach der Chorprobe haben wir uns gemeinsam beim Sperrmüllspiel amüsiert.

Der nächste Schock war eine fremde Dame, die praktisch mit uns wohnte. Eine schmale Wendeltreppe führte nach oben zu ihrem Zimmer. Darauf erschien sie manchmal nur mit Slip und passendem BH bekleidet. Also, mir wäre das peinlich gewesen, so von jedem gesehen zu werden. Aber eins musste man ihr lassen, sie konnte es sich noch erlauben. Und wer weiß, ob mir das mit über Siebzig auch nichts mehr ausmachen würde? Na ja, mit zunehmenden Alter ist das vielleicht auch nicht mehr wichtig! Abgehakt und weiter. Da wir unten eine gemeinsame Haustür hatten, musste ich wohl ein Auge zudrücken.

Am nächsten Tag sahen wir die Ruinen eines längst zerfallenen Klosters, wo Hildegard von Bingen lange Jahre gewirkt hat. Wer weiß denn heute noch, dass Weizen, äußerlich angewendet, bei Leere im Gehirn helfen kann. Unsere Augen sahen endlose Weinberge, Frühnebel über den Bergen, Sonnenuntergänge und schönes altes Fachwerk. Als Krönung waren wir in einem Gottesdienst in Münster am Stein, wo der Geistliche mich stark an meine Kommunionszeit erinnerte. Dieser Pfarrer hatte auch ohne Mikrofon ein sehr starkes Organ. Mit donnernder Stimme ermahnte er uns, wie mit einem gestreckten Zeigefinger anklagend, an alle Sünden der Welt.

Wir lernten die Einwohner unseres kleinen Dörfchens von einer durchaus liebenswerten Seite kennen.

Am Sonntag nach der Kirche und dem Mittagessen in der Burg, ging es schon wieder nach Hause. Wir packten aus, ließen die Waschmaschine laufen, hängten die Wäsche auf und gönnten uns einen Kaffee. Nach dem Kaffeetrinken stiegen wir sofort wieder ins Auto. Endlich - ab nach Italien.

Endlich zu Hause

Wir fuhren ein paar Stunden bis in die Nacht, zwischendurch schliefen wir auf einem Autohof.

Unser Navi führte uns dieses Mal nicht an der Nase herum, und so kamen wir um zwölf Uhr in unserem zweiten Zuhause in Bella Italia an. Wir schafften es gerade noch vor der Mittagspause auf den Campingplatz zu kommen. Da wurden nämlich die Schranken runtergelassen.

Nach der Platzsuche gab es kein Halten mehr. Wir mussten sofort das Meer ausführlich begrüßen. Was bei uns in etwa so ablief: Schuhe aus, Socken aus, mit den Füßen ins Wasser und dann kräftig Einatmen, um das Salz auf der Zunge zu schmecken. Dann eine Handvoll Sand durch die Finger rieseln lassen.

Im Strandlokal genehmigten wir uns den ersten Eisbecher: Schokolade, Pistazie, Malaga, Sahne und kleine, süße, italienische Erdbeeren. Zur Krönung gab es anschließend noch einen Espresso.

Nach der Mittagspause stellten wir unseren Wohnwagen austariert in die Waage und zogen das Sonnendach aus. Jetzt war eine ordentliche Mütze Schlaf fällig.

Am nächsten Morgen zog ich um fünf Uhr ein T-Shirt und meine fünfunddreißig Jahre alten Jeansshorts an, die mich bisher auf jeder Urlaubreise als Glücksbringer begleiten durften. Das Tolle an dieser Hose ist: Sie wächst mit. Von Größe Vierunddreißig bis Größe Vierundvierzig. Sogar in den Schwangerschaften hat sie mir gute Dienste geleistet.

Danach machte ich nur eine Katzenwäsche. Es zog mich wieder zum Meer. Ich kam mir vor wie ein Kind, das am Meer steht und sich von den riesigen Wellen magisch angezogen fühlt. Der Strand war um diese Zeit menschenleer. Der Sand noch nass von der Nacht, kühl und dunkel. Die Bagger hatten den Strand noch nicht geräumt. Die Spuren der Möwen vermischten sich mit meinen. Da lag alles, was die Flut gebracht hatte noch zu meinen Füßen. Muscheln, Steine, Treibholz.

Ich suchte, wie immer, ungeduldig nach den Tränen der Santa Lucia. In der Sage heißt es, dass ihr Geliebter vor einhundert Jahren aufs Meer gefahren wäre und nicht mehr wiederkam. Monatelang saß sie am Strand und weinte. Ihre Tränen wurden zu schimmernden, flachen Muscheln.

Mein langes Haar trug ich am Meer immer offen, sodass der bunte Mix aus allen Farben frei im Wind flattern durfte. Meine Schwester meinte, meine Haare seien ein Gemisch aus allen möglichen Haarfarben, inklusive der grauweißen Strähnen. Genauso bunt kam jetzt die Sonne über dem Wasser hoch und spiegelte sich in allen Gelb-, Orange- und Rottönen, die man sich nur wünscht und vorzustellen vermag.

Übermütig jagte ich die Möwen bis sie abhoben und sich majestätisch in die Lüfte schwangen. Meine Kamera hielt ich dabei immer im Anschlag und knipste die aufsteigenden Vögel. Nur die Fischer sahen mich. Die dachten bestimmt, da kommt das Kind im fortgeschrittenen Alter durch – also wirklich! In diesem Moment war mir aber völlig egal, was andere von mir dachten.

Ich hatte bei meinem selbstvergessenen Spiel unglaublich viel Spaß und fühlte mich so frei und unbeschwert wie schon lange nicht mehr. Ich war nicht mehr zu bremsen und war fasziniert von dem, was ich sah: Die Sonne küsste das Meer. Ein Anblick zum Abtauchen und Träumen. Ich versank darin …

Die Tränen der Santa Lucia

Als wir wieder einmal in Italien waren, wütete gleich am ersten Tag ein Sandsturm. So etwas hatten wir hier noch nie erlebt. Die ganze Strandpromenade war mit einer fünf Zentimeter hohen Sandschicht regelrecht paniert.

Als ich die Tür unseres Wohnwagens öffnete, kam ich mir vor wie in einem Film: Es war so hell wie im Scheinwerferlicht. Wegen des Sturms waren die Sonnenlichtschirme eingeklappt, die LED-Reihen lagen blank, und der Solarstrom verströmte ein unglaublich helles Licht.

Am zweiten Tag machten wir Bekanntschaft mit einem holländischen Ehepaar aus unserer Straße. Der Mann sammelte alles, was das Meer an Schönem so an den Strand spülte und klebte davon Souvenirs zum Verkauf zusammen. Er zeigte mir auch seine Schneckendeckelsammlung, die so genannten „Tränen der Santa Lucia". In einer Sage heißt es, dass eine schöne Fischersfrau auf ihren geliebten Mann wartete, der aufs Meer hinaus gefahren war. Doch er kehrte nicht mehr zurück, und sie stand weinend am Strand. Ihre Tränen fielen ins Meer und wurden zu Deckeln der Wasserschnecken. Der Sammler schenkte mir zwei. Ich wollte sie mir zu Ohrringen umarbeiten lassen. In Jesolo entdeckte ich passenden Modeschmuck: Ohrringe, die eine gute Klebefläche hatten. Ich nahm mir vor, den Holländer um einen Tropfen Kleber zu bitten, um die Tränen der Santa Lucia daran befestigen zu können.

Am Vortag hatte ich in einer kleinen Boutique ein olivgrünes Hängerchen gesehen, das ich mir zum Geburtstag schenken wollte. Leider sah ich darin wie in einem Kartoffelsack gestopft aus. Das bedeutete, bei fünfunddreißig Grad im Schatten weitersuchen.

Zum Glück gab es in einem indischen Laden doch noch etwas für mich. Ich entschied mich für ein schwarzes Kleid mit bunten indischen Mustern. Als ich den Preis von nur zwölf Euro sah, entschloss ich mich, noch ein zweites Kleid in Lila zu kaufen. An der Kasse fragte ich vorsichtshalber nach dem Waschzeichen. Ich bekam die Auskunft, das Kleid in kaltem Wasser und von Hand zu waschen. Und das erste Mal außerdem noch Essig zu verwenden, das wäre sicherlich nicht falsch. Wegen der netten Verkäuferin wollte ich mich nicht mehr dagegen entscheiden. Also Augen zu und durch.

Mein Mann fand, dass die Kleider an mir wie Zirkuszelte aussähen. Na Bravo, da hatte ich mich endlich zum Mut zur Farbe bekannt - und dann das.

Am nächsten Tag fragte ich nach dem Geschirrspülen den netten holländischen Sammler nach seinem Kleber, und er bot mir an, die Tränen an die Ohrringe zu kleben. Durch ihn kam ich auf die Idee, jeden Tag nach diesen Tränen zu suchen.

An meinem Geburtstag machte ich einen einsamen Strandspaziergang. Frühmorgens sah ich die Sonne in den schönsten Farben aufgehen und fand innerhalb von drei Stunden fünf Tränen der Santa Lucia. FÜNF STÜCK AN EINEM EINZIGEN TAG! Ich konnte mein Glück kaum fassen. Ausgerechnet am Morgen meines Geburtstags fand ich sie; so früh war ich noch nie beschenkt worden. Man sagt, wer die Augen zum finden hat, der kann mit dem Herzen sehen. Und sich wie ein Kind freuen, das so etwas Banales wie Alter nicht kennt. Ich ließ die Tränen vorsichtig in die Taschen meiner alten Jeans gleiten und machte mich auf den Weg nachhause. Als die Flut einsetzte, nahm das Meer die Spuren meiner nackten Füße mit, als wären sie nie da gewesen.

Geschenkte Tränen gehen meist verloren. Diese Erfahrung durfte ich nach dem Urlaub auf dem Heimweg machen. Wieder einmal hatte ich die Hängeschränke und den Küchenschrank des Wohnwagens nicht richtig verschlossen. Beim ersten Tanken entdeckten wir es. Meine Ohrringe waren aus dem Schälchen gesprungen. Mein Mann war mit dem zerbrochenen Geschirr beschäftigt und sah den einen Ohrring nicht. Er trat aus Versehen drauf. Nun war eine Träne wieder frei.

Als ich beim nächsten Schreibgruppen-Treffen mein neues, bunt gemustertes Kleid mit gleichfarbigen, knielangen Leggins anzog, fanden meine Mitschreiberlinge, dass ich eine gute Wahl getroffen hätte. Im Stillen dachte ich: „Wie hatte mein Mann noch mal gesagt? Es sehe aus wie ein Zirkuszelt? So unterschiedlich kann man ein Kleid also sehen!"

Drei Tage später ging ich zu meiner Fotogruppe, diesmal in meinem neuen, lilafarbenen Kleid. Meine Fotofreunde fanden, dass ich wie ein Model laufen würde. Sie dachten, dass ich mir etwas sehr Teures geleistet hätte! Ich zeigte ihnen auch stolz meinen einzelnen Tränen-Ohrring. Danach gingen wir Eis essen. Als ich meiner Freundin Susanne später meinen Ohrring zeigen wollte, war die zweite Santa Lucia-Träne auch verschwunden. Wieder etwas dazugelernt. Jetzt weiß ich es ganz genau: Geschenkte Tränen darf man nicht behalten.

Der verspätete Urlaub

Eigentlich wollen wir am Mittwochabend in den Norden nach Schillig fahren! Aber es kommt ja meistens anders, als man denkt. Das erste Problem: Meine Tabletten sind noch nicht da. Aber nur keine Panik, warten wir halt noch zwei Tage.

Nun gut, zwei Urlaubstage versiebt, aber Freitag um neun Uhr kommt die Post, und die Medikamente sind da. Und los geht's: Auto und Wohnwagen fertig packen, Wohnung aufräumen und dann um halb Zwölf in Richtung Frankfurt fahren.

Bei Friedberg - mitten auf der Autobahn - frage ich meinen Mann, ob der Kühlschrank im Wohnwagen auch verriegelt sei. „Weiß ich nicht", bekomme ich mürrisch zur Antwort. Wir beschließen, beim nächsten Parkplatz nachzuschauen. Natürlich kommt erst mal keiner. Ich habe zum ersten Mal eine Flasche Apfelwein an Bord, und wenn die Tür nicht zu sein sollte und die Flasche kaputt wäre, dann würde es so heftig stinken, dass wir nachts kein Auge mehr zubekämen. Ich sitze auf heißen Kohlen und denke: „Hoffentlich ist die Tür zu." Nach fünfzehn Kilometern kommt endlich ein Parkplatz. Wir fahren von der Autobahn ab und stellen fest, dass der Wohnwagen nach Asbest stinkt.

„Die Bremsen", geht mir durch den Kopf. Wir fassen die Reifen an, sie sind glühend heiß. Wir lassen sie ein wenig abkühlen und fahren anschließend zur nächsten Ausfahrt. Noch mal abkühlen lassen, und dann die Autobahn wieder zurück. Ich habe ein komisches Gefühl, wir halten noch mal. Zum Glück steht dort ein Mann vom ADAC. Wir warten bis er frei ist, dann erzähle ich ihm von den heißen Reifen. Er schaut sich die Sache an und rät uns, auf keinen Fall weiterzufahren. Wir rufen bei der Firma Lohmann an. Der erkundigt sich, wo wir stehen und schreibt sich für alle Fälle meine Handynummer auf. Er will gleich jemanden vorbeischicken.

Um Eins kommt endlich sein Wagen mit zwei Mechanikern. Die sagen was von Bautenzügen, die angeblich nicht in Ordnung seien. Sie schrauben weiter an den Bremsen herum, damit diese nicht ganz blockieren. Dann fahren wir mit siebzig Stundenkilometern Geschwindigkeit heimwärts. Die Mechaniker hinter uns her. Wir nehmen die A5 und sind kurz vor Zwei endlich bei Lohmann. Wir setzen den Anhänger ab und mein Mann geht ins Büro. Er muss sich sagen lassen, dass das unsere Schuld sei, und wir für die Bautenzüge mit ungefähr 30 Euro rechnen müssen. „Das ist ganz schön gemein", denke ich, „wir haben vor einer Woche noch TÜV bei ihm machen lassen, da hätte er so was merken müssen." Wir haben einen ganzen Tag Urlaub verloren. Also Abwarten und Tee trinken – und erst mal schauen, was dabei herauskommt.

Um halb Vier ruft uns ein Mitarbeiter der Firma Lohmann an. Sie haben sich die Bremsen angeschaut. Der Belag sei noch vollständig, aber so hart, dass er abplatzen würde. Das könne man nicht verantworten und es müssten sowieso bald neue Beläge drauf. Sie wollten wissen, ob sie das gleich mitmachen sollten oder ob mein Mann sich das ansehen möchte.

Ich gebe mein Einverständnis, die Beläge zu erneuern. Wäre doch Quatsch, in einem halben Jahr noch mal von vorne anzufangen. Billiger würde es eh nicht. Nur müssen die Beläge erst bestellt werden, und das kann bis morgen Mittag dauern. Hoffentlich nicht noch später, dachte ich, sonst haben wir noch einen Tag weniger Urlaub!

Treibgut

Es war noch dunkel um 04:30 Uhr in der Früh, nur der Mond und die Sterne leuchteten mir den Weg zum Strand.

Nachdem ich mir die Schuhe ausgezogen hatte, zog es mich wieder einmal magisch zum Meer. Der Sand unter meinen Füßen war noch nass und etwas kalt von der Nacht. Im Dunklen, nur vom Licht des Mondes begleitet, lief ich den Strand entlang, direkt am Wasser.

Erst nach links, in Richtung Jesolo. Da sah ich einen Schwamm, der von roten Algen, wie von einem Spinnennetz umschlungen war. Papa hatte einmal gesagt, dass die nach einer Weile fürchterlich stinken würden. Also machte ich lieber nur ein Foto und ging weiter. Langsam wurde es etwas heller. Muscheln, Treibholz, Algen, eine Feder und Glasscherben konnte ich schon erkennen.

Wenn ich den Sonnenaufgang aufnehmen wollte, sollte ich wohl besser auf die Steinmole gehen. Dort roch es plötzlich nach Ammoniak – war hier etwa eine Leiche? Ich drehte um und ging den Strand auf der rechten Seite in Richtung Venedig entlang. Da lag ein größeres Tier, in etwa in der Größe eines Schafes, das verendet war. Die Flut hatte es offenbar an Land gespült. Als meine Augen die Dunkelheit durchdrangen, stellte ich fest, dass es ein Hund war. Sein Bauch war dick aufgeschwemmt, wie es bei Wasserleichen wohl üblich ist. Das Fell konnte man kaum noch erkennen, außerdem zog es sich schon zurück und man sah das nackte Gebiss und die nackten Läufe. Mir stellte sich automatisch die Frage, wie lange das Tier schon im Wasser getrieben hatte. An Land hätte ich die Ameisen für das saubere Abnagen verantwortlich gemacht. Im Wasser war anscheinend die riesige Menge Flüssigkeit im Bauch dafür verantwortlich, dass sich das Fell zurückgezogen hatte.

Ich nahm mir vor, auf dem Campingplatz Bescheid zu geben, damit der Strand schnellstmöglich gesäubert wird. Kindern sollte man diesen Anblick ersparen.

Tief in Gedanken versunken machte ich mich auf den Heimweg. Da stieg die Sonne rotgolden aus dem Wasser auf, und die Fischer auf ihren Booten warfen ihre Netze aus. Es sah aus, als würden sie die Sonne aus dem Meer fischen. Geboren im endlos weiten Meer, und ich durfte es live erleben. Von diesem Anblick war ich derart gefangen, dass ich alles andere um mich herum vergaß.

Die Speicherkarte

Als wir nach einem Sandsturm, einem ganzen Tag Regen, dann wieder nur ein wenig Regen und ein anderes Mal mehr und weniger Sonne, recht erholt am Samstag-Nachmittag zuhause angekommen waren, ging es erst richtig los.

Auspacken, meine beste Freundin, die Waschmaschine füttern und uns bei Verwandten und Freunden zurückmelden. Das dauert. Dann erst stellte ich fest, dass unser Wellensittich traurig auf dem Boden saß, ohne uns eine Begrüßung zu zwitschern. Da stimmte was nicht.

Am Montag wollte ich gleich mit ihm zum Tierarzt gehen. Jetzt war da keiner mehr zu erreichen. Und da war ja heute Abend auch noch der fünfzigste Geburtstag unserer Nachbarin, für die wir mit unseren anderen Nachbarn etwas vorsingen wollten. Probesingen war im Urlaub nicht drin gewesen. Wir sollten um Fünf zur Generalprobe erscheinen. Das war zwar knapp, aber man ist ja flexibel.

Wir gingen rüber zu Thomas, der schon am Keyboard saß, als würde er so etwas täglich machen. Wir waren zwölf Personen. Jedes Paar bekam einen Zettel mit dem etwas abgeänderten Text von „Atemlos" von Helene Fischer in die Hand gedrückt. Frauen und Männer sollten getrennt singen, das war auf dem Papier farbig abgesetzt. Aber ich hatte mal wieder die Brille vergessen. Thomas stimmte das Keyboard und los ging's. Nach einer knappen halben Stunde hörte es sich schon ganz gut an. Wir gingen relativ früh nachhause, weil wir noch die Koffer ausräumen, uns duschen und uns umziehen mussten. Das Geschenk musste auch noch eingepackt werden.

Mein Mann war wieder einmal von unserem Rasen geschockt, der nach drei Wochen Abwesenheit wie ein Wildblumenfeld aussah. Sofort schnappte er sich den Rasenmäher und verschwand für eine Stunde im Garten. Als das erledigt war, trafen wir uns mit Christiane und ihrem Mann an der Garage. Gemeinsam fuhren wir zum Restaurant Europa am Steinrodsee, wo die Feier stattfinden sollte. Zur Begrüßung gab es leckere Cocktails, dann erlesene Vorspeisen: Tomaten mit Mozzarella, kleine Würstchen in Teig, Pizzastücke, gebackener Schafskäse, Auberginen, gegrillte Paprika, Oliven, fein geschnittenes Kalbfleisch-Carpaccio mit Thunfischcreme und Meeresfrüchtesalat.

Als die Geschenke verteilt wurden, bekam Petra den Bilderrahmen-Gag gleich zweimal geschenkt. Auf einem Bilderrahmen und einer Flasche Öl war ein Foto von ihr geklebt. Als Motto: „Petra für die Ewigkeit - in Öl". Freunde hatten damit das ungeliebte Pantoffel-Geschenk zum fünfzigsten Geburtstag ihres Mannes Wilfried doppelt aufgegriffen.

Es folgte ein kleiner Zwischengang mit Ravioli, Bandnudeln und Tortellini in leckeren Soßen. Zum Hauptgang gab es Rosmarinkartoffeln, Rinderbraten und Schweinelende mit Brokkoli.

Nach dem Hauptgang zeigte die Tochter der beiden ihren selbst gedrehten Film: Von der Wiege bis heute. Und als Gag, fast alle anwesenden Paare aus dem Urlaub grüßend.

Zum Nachtisch gab es Petras liebsten Nachtisch: Panna Cotta mit Karamell. Vor dem Verdauungsschnaps waren wir dann endlich dran. Thomas saß schon am Keyboard und wir legten los. Es gab einen riesigen Applaus, also konnte es gar nicht so schlecht gewesen sein.

Zwei Stunden nach Mitternacht fuhren wir ziemlich platt nach Hause.

Ich hatte kaum die Türe aufgemacht und sofort nach unserer Wellensittich-Dame geschaut, als ich sie tot auf dem Boden des Käfigs liegen sah. Die tapfere Seele hatte sich wohl noch von uns verabschieden wollen und gewartet, bis wir vom Urlaub zurück waren. Schweren Herzens stellte ich Cipsy mit ihrem Käfig auf die Terrasse.

Am Sonntagmorgen rief meine Mama an und fragte, wann wir denn vorbeikommen würden und ob ich schöne Bilder für den Kalender gemacht hätte (für unsere Campingplatz-Familie). Wir machten aus, dass ich am Dienstagmorgen kommen würde.

Nach dem Frühstück sagte ich Jonas, dass Cipsy heute Nacht gestorben sei. Er schluchzte traurig und fragte mich warum. Ich erklärte ihm, dass sie schon alt und außerdem krank gewesen war. Dann versprach ich ihm, dass er sich am Montag einen neuen Vogel aussuchen dürfe. Wir gingen gemeinsam in den Garten, um Cipsy zwischen der Blautanne und der Regentonne zu begraben und legten einen Blütenzweig auf das frische Grab. Später sollte das Grab mit kleinen Steinchen eingefasst werden.

Am Montag fuhren wir zum Zoogeschäft, und Jonas suchte sich wieder einen grünen Wellensittich aus. Wir nannten den Vogel Anna, mit zwei n, wie seine ehemalige Klassenkameradin.

Mittlerweile hatte ich eine ganze Kofferraumladung voll mit Sachen, die ich zu meiner Mama bringen wollte. Am Dienstag verstaute ich alles im Auto. Start war um 08:15 Uhr, Ankunft um 09:00 Uhr. Und das mit Baustellen, also eine gute Zeit.

Nach der Begrüßung frühstückten wir erst einmal und unterhielten uns. Von Papa bekam ich als Geburtstagsgeschenk einen Halter für zwei Akkus, die er mir an die Kamera anbrachte. Ich fotografierte ihn, was er aber genauso wenig mag wie ich. Als Revanche löschte er die Bilder gleich wieder. Ich bat ihn, eine Speicherkarte einzulegen, die ich seit Sylt mit mir herumschleppte. Aber die musste neu formatiert werden, so stand es auf dem Display. Als ich das las, holte ich meine Speicherkarte sicherheitshalber aus der Kamera. Hoffentlich nicht zu spät, dachte ich.

Ich machte ein paar Aufnahmen von dem falschen Jasmin und der lilafarbenen Clematis im Garten, dann aßen wir zu Mittag. Mama hatte noch mal Spargel gekocht, dieses Jahr wohl zum letzten Mal. Meine Schwester und ihre Kinder kamen auch noch auf einen Sprung vorbei. Dann musste ich schon wieder los. Den Mittwochmorgen hatte ich zum Wäschewaschen und Ausmisten der Wohnung eingeplant. Für den Mittwochnachmittag hatte ich mich zum Wii-Bowling im Bewegungszentrum „Haltestelle" eintragen lassen.

Am Abend vor der Schreibstube wollte ich noch meine Urlaubsbilder bearbeiten, aber die waren plötzlich verschwunden. Ich suchte sie - vergeblich. Dann gab ich völlig fertig auf.

In dieser Zeit war ich ungenießbar, ein richtiges Ekelpaket. Ich gab in E-Mails Dinge von mir, die überhaupt nicht zu mir passten. Damit hatte ich andere verletzt. Das würde ich wieder geradebiegen müssen.

Donnerstag war Computerkurs bei Herrn Och. In der Nacht war ich auf die Idee gekommen, Herrn Och zu fragen, ob es vielleicht eine Möglichkeit gibt, die Dateien wiederherzustellen. Er machte mir Hoffnung. Und hurra, am Donnerstag der folgenden Woche hatte ich alle Bilder wieder. Mir fiel ein riesiger Brocken vom Herzen. Ich hatte mich schon fast damit abgefunden, keine Porträts für den Kalender zu haben.

Barfuß in Plymouth

Am ersten September fahren mein Mann, mein Sohn und ich mit einem Taxi zum Flughafen. Dort begeben wir uns zum Schalter 1, ein paar von der Gruppe sind schon da. Wir warten auf den Rest. Da kommen Marga und Hardy, um uns beim Abflug nachzuwinken. Marga hat für jeden von uns eine Kleinigkeit zum Naschen für den Flug mitgebracht.

Ich rufe meine Mutter noch kurz an, sie wünscht uns eine schöne Reise. Ich frage sie, wie es ihrem Bein geht. Sie hatte gestern etwas von einem Stich und Cortisonsalbe erwähnt. Sie fängt lautstark an zu Weinen und legt auf. Na Klasse, soll ich jetzt die Reise sausen lassen und zu ihr rennen?

Mein schlechtes Gewissen erdrückt mich fast, ich gehe dennoch meinen Weg. Die Reise ist bezahlt, die anderen warten, und von England schwärme ich schon ein Leben lang. Außerdem ist es fünf vor zwölf. So eine Gelegenheit habe ich kein zweites Mal.

Wir verabschieden uns von Marga und Hardy und gehen durch die Schleuse. Wir müssen den Pass vorzeigen, und dann werden wir gefilzt. Zum Glück habe ich dieses Mal mein Klappmesser zuhause gelassen. Aber mein Sohn hat noch seinen Schlüssel in der Hosentasche. Es piepst wie verrückt. Außerdem hat er noch mehrere Flaschen Autan im Rucksack. Das ist mehr als ein halber Liter und wird erst einmal untersucht.

Schließlich kommen wir ins Flugzeug. Wir nehmen unsere Plätze ein, werden über die Möglichkeit einer Bruchlandung aufgeklärt und wie man Schwimmwesten anlegt. Der Vogel schwingt sich in die Luft. Der Pilot senkt erst den rechten, dann den linken Flügel, so, als wolle er Old Germany Tschüss sagen. Wir haben einen fantastischen Blick über Frankfurt.

Etwas später wird uns auf Englisch ein kleiner Snack plus Getränk versprochen. Es wird serviert. Mein Sohn wählt Cola und Kekse, mein Mann Popcorn und Wasser, ich nehme Chips und Kaffee. Wir haben kaum unseren Snack vertilgt, da heißt es auch schon wieder für die Landung anschnallen.

Wir steigen mit unserem Gepäck in die blaue Untergrundbahn und fahren bis zum Busbahnhof. Dort werden wir auch schon von Rick, unserem Bus-Driver, abgeholt. Er fährt uns mit unserer deutschsprachigen Reiseleiterin Siv drei Stunden lang durch eine wunderschöne Gegend. Ein paar ältere Damen beschweren sich hintenrum, dass Siv drei Stunden am Stück rede. So viel könnten sie nicht verarbeiten. Meine Familie und ich sind da ganz anderer Meinung. Wir wundern uns darüber, was sie alles weiß und fragen uns, ob sie eventuell schon mal gelebt hat. Vielleicht im Mittelalter? Wie sie von Piraten und Hexen erzählt – man fühlt sich, als wäre man in eine andere Zeit versetzt.

Ich schaue aus dem Busfenster und sehe einen wunderschönen wolkenverhangenen Himmel und windschiefe, verholzte Bäume – traumhaft. Dafür gibt es eigentlich keine Worte. Mich juckt der Finger am Auslöser, aber unsere Fotogräfin sieht jeden mahnend an, der es auch nur wagen sollte im Bus zu knipsen. Sie hat Recht. Fotos durchs fahrende Busfenster werden meistens nix.

Um 19:00 Uhr kommen wir am Höhepunkt unserer Reise an: Stonehenge. Wir steigen aus, es sind dunkle Wolken am Himmel. Ich kann es kaum glauben, dass ich wirklich hier bin. Schade, dass man die Steine nicht mehr berühren darf. Es ist ein gewaltiger Anblick. So hoch habe ich sie mir nicht vorgestellt. Der Steinkreis befindet sich auf einem kleinen Hügel, rundherum ist alles grün und flach. Wie auf einer naturbelassenen Bühne. Etwas weiter entfernt stehen ein paar kleine Sträucher. Die wundervollen alten Bäume, die wir überall vom Bus aus gesehen haben, gibt es hier leider nicht. Wir besteigen kleine Busse, in denen nur je acht Personen Platz haben und fahren zu dem Steinkreis. Mit unseren Fotoapparaten bewaffnet, gehen wir um die Steine herum und knipsen was das Zeug hält. Die ersten Regentropfen fallen. Wir machen uns mit unserer Beute auf den Weg zum Bus und steigen ein.

Wir machen an einem kleinen Laden Halt, setzen uns an einen Tisch und trinken etwas. Einige von uns essen auch ein Sandwich. Um 20:00 Uhr es geht weiter in Richtung Cornwall.

Nach drei Stunden Fahrt kommen wir endlich in unserem Hotel in Plymouth an. Wir lassen uns die Zimmerkarten geben. Es ist ein einziges Gewusel. Neunzig neue Gäste - kein Wunder.

Mein Mann und ich haben ein Doppelzimmer im fünften Stock und unser Sohn ein Einzelzimmer im dritten Stock. Wir sollen schnell Auspacken und dann gleich zum Begrüßungstrunk, mit anschließendem Abendessen, erscheinen.

Auspacken, davon kann keine Rede sein. Wir müssen erst in den dritten Stock und unserem Sohn sein Zimmer zeigen. Wir geben ihm die Zeit, seine Schuhe zu tauschen und die Jacke auszuziehen. Auf die Toilette gehen muss auch sein. Dann sagen wir ihm, dass wir noch unsere Koffer nach oben bringen und ihn danach zum Abendessen abholen würden.

Wir nehmen uns eine Menge Zeit für den Begrüßungstrunk. Man sagt uns, dass wir jeden Morgen um 06:30 Uhr frühstücken müssen. Die andere Gruppe ist um 08:30 Uhr dran. Das Abendessen soll Morgen um 18:15 Uhr am Buffet serviert werden. Beim Abendessen bekommen wir nicht mal einen Tisch als Familie zusammen, aber man ist ja flexibel. Die Kellner sind stinksauer, weil wir so spät sind. Sie knallen die Platten lautstark durch die Gegend. Unsere Vorgänger hatten Weißbrot mit salziger Butter, die Reste stehen noch auf dem Tisch. Angeblich kann man zwischen Weißwein, Rotwein und Wasser wählen. Am Buffet stehen Fisch, Fleisch, Gemüse, Rösti, Suppe und Salat zur Wahl. Der Nachtisch würde heute ausnahmsweise am Tisch serviert. Bei neunzig Personen im Speisesaal ist die Lautstärke kaum auszuhalten. Um 23:00 Uhr ist auch der letzte satt. Wir dürfen aufs Zimmer.

Wir fahren mit unserem Sohn in den dritten Stock, packen gemeinsam seinen Koffer aus und legen ihm den Schlafanzug heraus. Dann zeigen wir ihm noch, wo das Licht und der Fernseher sind und sagen ihm Gute Nacht.

Es ist jetzt 23:30 Uhr. Wir fahren nach oben in den fünften Stock und gehen in unser Doppelzimmer. Mein Mann ist sauer, dass er das Fenster nicht öffnen darf. Die Klimaanlage macht fürchterlichen Krach. Ich bin total groggy. Wir putzen uns die Zähne, ziehen unsere Schlafanzüge an und gehen ins Bett. Um 03:00 Uhr nachts werde ich wach und schaue aus dem Fenster. Gegenüber ist die Ruine einer alten Kirche, wie eingebaut in das neue Einkaufszentrum. Ich bin von der langen Busfahrt nass geschwitzt. Unser zugeteiltes Frühstück ist schon um 06:30 Uhr, also beschließe ich, um 03:00 Uhr zu duschen. Was soll's, so kann ich wenigstens nicht verschlafen.

Da wir am nächsten Morgen erst unseren Sohn abholen mussten, sind wir natürlich wieder die Letzten. Ist ja nicht weiter tragisch, aber wir bekommen wieder nur getrennte Plätze. Es ist bereits ein unglaublicher Krach im Frühstücksraum, Die Leute benehmen sich wie die Geier, stopfen das Toastbrot in den Toaster bis es brennt und ein Kellner muss den Feuerlöscher holen. So etwas habe ich bei unseren Campingurlauben noch nie erlebt, Man muss sich ja schämen, Deutscher zu sein. Trotzdem genieße ich das Frühstücksbuffet. Es ist schließlich nicht selbstverständlich, dass man von allem etwas nehmen darf. Ich gehe dreimal zum Buffet und bediene mich, nehme immer nur wenig. So kann ich vieles kosten.

Dann geht es wieder in den dritten Stock und danach in den Fünften. Um 07:15 Uhr ist Treffpunkt vor dem Hotel, anschließend laufen wir fünf Minuten zum Busparkplatz. Endlich können wir uns ein klein wenig die Beine vertreten. Wir hätten noch eine Stunde laufen können, aber unser Bus fährt um 07:30 Uhr los.

Es soll uns zum St. Michael's Mount und danach zur Gartenanlage Trebah Garden in der Grafschaft Cornwall bringen. Dort soll mediterranes Klima herrschen. Cornwall ist voller Historie, inmitten romantischer Landschaften. Drehorte unzähliger Pilcher-Verfilmungen, wie man uns mitteilt.

Neben dem Herrenhaus hat man einen herrlichen Blick auf St. Michael's Mount. Auf der achtzig Meter hohen Insel thront ein trutziges Bauwerk, ehemals ein Kloster und später eine Festung. Zuletzt ein Herrenhaus. Bei Ebbe kann man zu Fuß über einen Damm auf die Insel spazieren. Bei Flut verkehren Boote. St. Michael' s Mount kann auf eine tausendjährige Geschichte zurückblicken und zahlreiche Mythen und Legenden ranken sich um die Insel.

Am Nachmittag besuchen wir Trebah Garden, eine prachtvolle Gartenanlage mit subtropischen Gewächsen wie Bambus, Yuccas, Agaven, Hortensien und eine Art Riesen-Rhabarber, der drei Meter hoch ist und gelb blüht. Auf einem steinigen Kieselweg geht es bis zum Strand am Atlantik. Ich bin froh, dass wir unsere Turnschuhe anhaben. Wir haben zwei Stunden zur freien Verfügung, dann heißt es wieder zurück in den Bus und ins Hotel.

Wir kommen erst um 18:05 Uhr an. Es folgt das gleiche Spiel wie am Vortag, aber da wir schon um 18:15 Uhr in den Speisesaal kommen, ist alles noch frisch eingedeckt. Wir haben zum ersten Mal Gelegenheit, einen Tisch für uns gemeinsam zu bekommen. Luxus pur!!! Auf den Silberplatten gibt es panierten Fisch, Weißfisch, Rindergulasch, gebratene Kartoffeln, Reis und Gemüse. In einer Terrine wird Grießsuppe serviert und zum Nachtisch gibt es Melonenstückchen, Birnen und Äpfel. Wir bekommen Wein und Wasser an den Tisch gebracht. Manche beschweren sich, dass die Gläser nur zu einem Viertel gefüllt werden. Dabei kann man sich bei Bedarf jederzeit nachschenken lassen, aber das könnte ja bei dem einen oder anderen die Aufmerksamkeit auf sich ziehen. Ach, unter welche Kulturbanausen sind wir hier geraten.

Wir machen aus, dass wir uns um 19:30 Uhr mit der Fotogruppe auf einen Hafenrundgang treffen. Wir schlendern zu zwölft durch die engen Gassen. Vor den Häusern stehen Motorrad-Gangs. Als wir vor dem Pub "The Navy Inn" stehen, beschließen wir einzukehren. Dort ist es urgemütlich. Wir bestellen uns ein Guinness, davon hat mein zweiter Sohn, der zu Hause geblieben ist, immer geschwärmt. Jürgen macht Witze, mit einer Mimik zum Wegschmeißen. Dann erzählt mein Mann, dass ich um 03:00 Uhr nachts geduscht habe. Es ist ein Wunder, dass ich kein Duschtagebuch führen muss! Um 22:00 Uhr geht es wieder zurück zum Hotel. Wir müssen ja um 06:30 Uhr wieder beim Frühstück erscheinen.

Am nächsten Tag laufen wir nach dem Frühstück wieder gemeinsam zum Bus. Heute stehen das Minack Theatre und der kleine, beschauliche Ort St. Ives auf dem Programm. Das Theater ist hundert Jahre alt und in Fels gehauen. Da es Großbritanniens westlichster Punkt ist, haben wir einen herrlichen Ausblick auf die Küstenlinie und Lands End. Über die zerklüftete Landspitze von Lands End geht es zu dem idyllischen Fischerort St. Ives mit seinen romantischen Häusern und Gassen. Hier verbrachte Rosamunde Pilcher ihre Kindheit. Viele herausragende Künstler, Maler und Schriftsteller fühlen sich von diesem Ort magisch angezogen. Mir geht es nicht anders.

Später fahren wir mit dem Bus wieder drei Stunden zurück, ziehen uns um und gehen zum Abendessen.

Am nächsten Tag ist der Ausflug nach Prideaux Place und Triangle Castles geplant. Wir starten, wie immer nach dem Frühstück, um 08:30 Uhr. Heute habe ich meine Slipper an, weil es so heiß ist und ich meine Füße ins Meer stecken will. Für den Notfall habe ich natürlich auch meine Turnschuhe im Rucksack. Die Fotografin fragt, ob ich heute meine High Heels anhabe. Ich sage ihr, das wären meine Hausschuhe für die Reise. Sie meint, so sehen die auch aus.

Wir laufen eine kleine Anhöhe hinauf. Links entdecke ich drei englische Blechmülltonnen. Die könnten zu einer Story von mir passen. Ich mache schnell ein Foto und weiter geht es. Marianne entdeckt etwas kleines Grünes am Hang auf der anderen Seite. Wir rätseln, ob es vielleicht eine Heuschrecke sein könnte. Siv kommt dazu und erklärt, dass dies eine seltene Stabheuschrecke sei. Sie wird selbstverständlich, wie sollte es auch bei einer Fotogruppe anders sein, gleich im Bild festgehalten.

Prideaux Place ist eines der schönsten Anwesen von Cornwall und seit über vierhundert Jahren der Herrensitz der Familie Prideaux-Brune. Es hat achtzig Zimmer und verfügt über Ländereien, die sich über achtzehn Hektar erstrecken. Auch dieses Gebäude wird oft für die Pilcher-Filme gemietet. So ein alter Kasten kostet bestimmt Unsummen an Unterhalt, und irgendwie muss man das auch zusammenbekommen. Nach der Besichtigung laufen wir den Berg wieder herunter.

Ich schaue mich um, ob mir jemand von der Reisegruppe auf den Fersen ist. Niemand zu sehen, also ziehe ich die Schuhe aus und gehe barfuß durch die engen Gassen Englands. Immer weiter weg vom Landsitz der Familie Prideaux-Brune.

Später fahren wir nach Padstow, einer lebhaften Hafenstadt, die für ihre goldgelben Strände und schönen Läden bekannt ist. Heute meckert eine Dame der Reisegruppe über Siv: Sie hätte jeden Tag ein neues Kleid an, aber immer die gleichen Schuhe. Ich nehme sie in Schutz. Hauptsache, die Schuhe sind bequem. Zu Hause laufe ich im Sommer auch meist mit Römersandalen herum. Nachmittags geht es nach Tintagel, wo die Überreste des mittelalterlichen Tintagel Castle zu sehen sind, der sagenumwobenen Burg von König Artus.

Fünfter September: Unser letzter Tag in Cornwall. Es geht zu The Lost Gardens of Heligan und nachmittags in die Gin Distillery in unserer Hotelstadt Plymouth. The Lost Gardens besteht aus Zier- und Nutzgärten sowie einem Dschungel und dem Verlorenen Tal, über das eine wacklige Seilbrücke führt. Nicht weit hinter dem Eingang liegt eine Hand aus Wurzeln. Wenn man genauer hinschaut, ist auch ein grüner, von Farn verdeckter Oberkörper zu erkennen. Wir haben wieder zwei Stunden zur freien Verfügung. Ich knipse, was das Zeug hält. Wir essen Scones (kleine Gebäckstücke) mit Clotted Cream (ein dicker Rahm) und Erdbeermarmelade. In England nimmt man das zusammen mit dem Tee ein. Diese kleine Mahlzeit nennt man Cream Tea. Hatte mir Tamara empfohlen!

Wir haben ohne Probleme einen gemeinsamen Tisch bekommen. Werner fragt mich, warum ich nicht mehr lache. Er sagt, ich bräuchte mich wegen der Spange nicht zu schämen. Da erkläre ich ihm, dass schon wieder ein Draht lose ist und mir furchtbar in die Wange pikst. Was ich außerdem gedacht habe: Beim Lachen verhakt sich meine obere Lippe in der Spange, das sieht bestimmt nicht so prickelnd aus.

Um 14:00 Uhr geht es zurück nach Plymouth in die älteste Gin Distillery, gegründet 1793. Wir betreten das Gebäude und werden von den Männern getrennt. In einem kleinen Raum müssen wir Fotoapparate, Handys und alles Elektrisch/Elektronische abgeben, damit, so sagt man uns, nichts explodiert. Wir bekommen einen kurzen Einblick in die Gin-Herstellung und uns wird von verschiedenen Getreidesorten, Kandis, Kräutern, Blumen, Alkohol und Lagerzeiten berichtet. Dann dürfen wir von drei grundverschiedenen Sorten kosten. Ich könnte mich ohne Schwierigkeiten an diese köstlichen Getränke gewöhnen. Als wir den Verkaufsraum stürmen, überzeugen uns die Preise schnell vom Gegenteil. Pro Flasche sechzig Euro aufwärts! Zum Abschluss bekommen wir noch jeder eine 50 ml Flasche Plymouth Sloe Gin geschenkt.

Wir sind nach einer Stunde wieder draußen und beschließen, ein wenig am Hafen spazieren zu gehen. Dann folgt, wie gehabt, das Abendessen im Hotel. Anschließend heißt es Koffer packen.

Das Hotel in London ist eher schäbig. Mir ist es egal, denn wir haben endlich zwei Zimmer im gleichen Stock. Das Abendessen wird im Pub serviert. Es gibt Weißbrothäppchen mit Lachs und Soße, dann eine sehr große Portion Fish and Chips. Danach noch ein riesengroßes Stück Schokoladenkuchen. Nachdem ich die Hälfte gegessen habe, meine ich zu platzen. Ich kann keinen Bissen mehr anrühren. Dazu gibt es ein Getränk, entweder Bier, Wein oder Cola. Wasser steht wie immer auf dem Tisch. Wir trinken alles leer und machen anschließend ein Foto von den gestapelten Gläsern.

Um 22:00 Uhr laufen wir ins Hotel zurück. Nachts um 03:00 Uhr werde ich wieder wach und schaue aus dem Fenster. London bei Nacht mit seinen beleuchteten Hochhäusern sieht schon toll aus. Ich versuche, ein paar Bilder mit hoher ISO-Zahl zu machen.

Frühstück am nächsten Morgen ist um 07:30 Uhr. Was für eine gute Zeit. Endlich Urlaub? Die Reisegruppe wird aufgeteilt. Beim Frühstück herrscht Ruhe im Saal. Die Speisen sind an der Wand entlang, rund um den Raum herum, platziert. Auf einmal funktioniert der Ablauf einwandfrei.

Nach dem Frühstück fährt uns der neue Fahrer durch London. Wir haben uns diesmal drei Plätze ganz vorne geschnappt. Ich muss feststellen: Die Stadt hat was. Der Fahrer lässt uns am Buckingham Palace heraus. Wir spazieren durch den Hyde Park, sehen ein Eichhörnchen, das eine Nuss verstecken will, Blumen, alte Bäume und überall Menschen auf Liegestühlen. Wir entdecken sogar eine junge Frau in einem grünen, nagelneuen Schlafsack. Als ich mir bewundernd die Blumenbeete anschaue, raschelt etwas im Gebüsch. Eine braune Ratte! Okay. Danach geht es zum Buckingham Palace. Wir haben Glück, es ist gerade Wachablösung. Wir schauen und fotografieren. Plötzlich kommt ein sehr kleiner, hübscher Mann auf uns zu und sagt: „Stay behind the white line, please." Das hat bei unserer Fotográfin die Wirkung einer Schallplatte, die hängen bleibt. Sie wiederholt es ständig.

Achter September: Unser letzter Tag. Nach dem Frühstück soll unser Treffpunkt am Taxistand sein. Wir wollen zum Bankenviertel. So ist es geplant. Aber ich habe die Omelette entdeckt und möchte unbedingt eins versuchen. Ich vertue mich in der Zeit und stelle ich fest, dass es mittlerweile bereits 08:50 Uhr ist. Ich schaffe es erst um 09:10 Uhr am Treffpunkt zu sein. Die anderen haben tatsächlich gewartet, sind aber sauer, dass ich auf den letzten Drücker komme.

Im Bankenviertel sind fantastische Spiegelungen in den Gebäuden zu sehen. Ferner entdecken wir eine Wasserbett-Ausstellung. Als unsere Fotográfin das sieht, legt sie sich mit Jürgen in ein Doppelbett. Wir knipsten wieder mal los. Dann gehen wir in einem kleinen Park spazieren. Es gibt dort eine Wasserbrunnenstraße und die Luft ist angenehm mild. Die anderen setzen sich auf eine große, halbrunde Bank und ich mache Fotos. Auf einer Brücke finden wir zwei Taxis, die uns wieder zum Hotel bringen.

Wir trinken noch eine Cola, dann fährt uns der Bus zum Flughafen.

Als wir im Flugzeug sitzen, riecht es auf einmal nach Dieselöl. Ich sage das meinem Mann, aber er meint nur, die werden mit Kerosin getankt. Das beruhigt mich nicht gerade, denn es riecht immer noch. Beim Rückflug wackelt es so manches Mal. Fast sieht es aus, als will der Pilot Loopings drehen. Dieses Mal werden uns Wraps serviert plus ein Getränk nach Wahl.

Über Frankfurt bricht kurz vor der Landung die Dämmerung herein und der Mond ist über dem Flugzeugflügel zum Greifen nahe. Wir nehmen uns ein Taxi und fahren gegen 21:00 Uhr nach Hause.

Wir suchen die Schlüssel und ab geht's in das Chaos. Nur so viel: Wir sind mit drei Koffern schmutziger Wäsche beladen. Und unser jüngster Sohn, der zu Hause geblieben ist, hat viermal so viel Schmutzwäsche produziert. Es sieht wieder mal aus, als hätte eine Bombe eingeschlagen.

Und unser Rasen ist in nur neun Tagen zum Wildblumenfeld mutiert.

Was einem so alles passieren kann

Leichter Quark bei Hitze

Sechzehnter Juli: Morgen ist der kleine Schreibkreis bei Sonnhild, und ich habe versprochen einen Früchtequark zu machen. Ist bei dieser Hitze wohl das Beste. Also erst mal zu Penny. Quark, Sahne und Haferflocken holen. Schnell nachhause sausen und ab in den Garten, Johannisbeeren pflücken. Wieder drinnen Hände waschen und Johannisbeeren entstrippen. Aus dem Schrank links unter dem Kühlschrank die große Schüssel mit dem blauen Deckel herausholen. Quark, Sahne, Haferflocken und Zucker hinein, kräftig umrühren und ab in den Kühlschrank. So, das hätten wir erledigt.

Da ich ja noch bei der Fotogruppe "Fotografieber" beschäftigt bin, möchte ich auch unseren neuen Kalender mitnehmen und vorstellen. Mal eben schnell noch einen Entwurf unseres neuen Kalenders zusammenbasteln. Jetzt noch duschen, schminken, anziehen.

Dann Quark, Kalender, Handy, Brille und Süßstoff einpacken und ab zur Hütte. Fahrrad herausholen, beladen und los geht es zu Sonnhild. Plötzlich gibt es ein leises Krachen, als ich über den Randstein sause. Ich fahre weiter und denke mir nichts dabei. Am Ziel angekommen, nehme ich die Tüte vom Fahrradkorb und sehe die Bescherung: Die Schüssel mit meinem leckeren Quark ist ein einziger Scherbenhaufen.

Sonnhild macht mir die Tür auf. Wir packen die Reste in eine Tüte und versenken sie in der Mülltonne. Zum Glück hat Sonnhild genug Kuchen gebacken, auf einmal ist der Quark nicht mehr so wichtig …

Der schwangere Akku

Endlich war es so weit. Mein lang ersehnter fotografischer Wunsch, die Pfingstrosen mit der Kamera einzufangen, konnte endlich verwirklicht werden. Wir, das waren in diesem Fall unsere Fotogruppe: Mein Mann, mein Sohn und ich. Wir fuhren mit der S-Bahn nach Frankfurt in den Palmengarten.

Meine Panasonic, die ich sehr günstig gebraucht gekauft hatte, hat mich ausgerechnet beim Fotografieren der Pfingstrosen im Palmengarten beinahe verlassen. Und ich bekam den blöden Akku einfach nicht mehr aus der Kamera heraus.

Ich beschloss mir einen neuen Akku zu gönnen. Denn der Ersatz-Akku lud auch nicht mehr zuverlässig. Als ich genug Geld zusammengespart hatte, fuhr ich zu unserem Hausfotografen.

Dort wurde ich sehr nett bedient. Man versprach mich anzurufen, sobald mein Akku eintreffe. Drei Tage später erfuhr ich, dass er leider nicht mehr lieferbar sei. Ohne Fotoapparat geht bei mir gar nicht! Ich benutzte in der Zwischenzeit meine kleine Kamera und unternahm vierzehn Tagen später einen zweiten Versuch bei einem anderen Händler.

Auch dieser bestätigte mir, dass das Original nicht mehr lieferbar sei. Er könne mir aber einen gleichwertigen Akku besorgen. Als er sich meinen Akku im Fotoapparat, der ja irgendwie klemmte, genauer ansah, sagte er mir, dass er auf der einen Seite wie bei einer schwangeren Frau gewölbt wäre. Nachdem ich diesen Akku mindestens zehn Personen gezeigt hatte, fragte ich mich, warum so etwas nur diesem einen Menschen aufgefallen war. Von mir ganz zu schweigen.

Zimtsterne

Ich freue mich schon auf die neue Arbeitsplatte in der Küche. Endlich habe ich mal Platz zum Arbeiten. Egal wie, aber heute werden Zimtsterne gebacken. Später bleibt keine Zeit mehr für dieses Vergnügen.

In einem Pappkasten habe ich alle Zutaten bereitgestellt: Ich nehme die Mandeln heraus und mahle sie grob, schlage Eischnee und nehme heute keinen Zucker, stattdessen drei Esslöffel Stevia. Ich verknete alles und rolle es mit dem Nudelholz aus.

Ich möchte Sterne ausstechen, aber der blöde Teig will sich einfach nicht verbinden. So langsam komme ich ins Schwitzen. Ich frage mich, ob das mit dem Teig besser geklappt hätte, wenn ich die Mandeln fein gemahlen hätte. Inzwischen ist mir alles wurscht, mich packt die Wut. Ich nehme das restliche Eiweiß und schütte es über den Teig – noch immer keine Verbindung! Jetzt reicht's mir aber endgültig, so langsam habe ich die Faxen dicke. Ich schnappe mir auch noch das Eigelb, eine Todsünde bei Zimtsternen. Zornig schütte ich es über das, was sich Teig nennen will. Ich schwöre mir, wenn die Zutaten jetzt nicht binden, schmeiß ich alles gegen die Wand. Aber wie durch ein Wunder bindet es. Fünf Minuten später verbreiten die Sterne im Ofen einen herrlichen Duft. Genussvoll atme ich das Aroma ein.

Zum Kaffee präsentiere ich dann stolz meine Zimtsterne. Mein Mann ist ja einiges von mir gewohnt, auch dass Kochen und Backen nicht gerade zu meinen größten Begabungen gehören.

Er nimmt tapfer einen von meinen, zugegeben nicht sehr schönen, Zimtsternen. Kaut darauf herum, als hätte er in eine Zitrone gebissen. Würgt und kaut bis zum Jüngsten Tag. Nach seinem Gesicht zu urteilen, sind die Zimtsterne reif für die Tonne. Ich pruste los und verteile einen Schluck Espresso quer über den ganzen Tisch. Das ist vielleicht eine Sauerei. Die frisch aufgelegte Tischdecke ist reif für die Wäsche.

Meine Männer beschweren sich über die Öko-Plätzchen ohne Zucker. Seltsam - sie nehmen trotzdem in kürzester Zeit rasant ab.

Ein Joggingspaziergang durch den Raps

Als wir dieses Jahr im Urlaub auf der Insel Fehmarn waren, wollte mein Mann am dritten Tag Joggen. Ich sollte ihn mit dem Fahrrad begleiten. Klingt ganz einfach.

Wir starteten um elf Uhr. Weg vom Campingplatz, über Meschendorf durch Feld und Wiesen, zu einem anderen Campingplatz. Dort musste ich erst mal ein Foto machen. Inzwischen war mein Mann über alle Berge. Also drehte ich eine Ehrenrunde auf dem fremden Campingplatz, fand aber den Ausgang nicht. Auf einmal kam mein Mann zurück und es ging weiter, aus dem Campingplatz heraus, übers Land und zu den Rapsfeldern.

An einer Straße sah ich ein schönes, buntes Schild mit einer Schildkröte für Schulkinder. Natürlich musste ich wieder ein Foto machen. Mein Jogger-Mann war plötzlich wie vom Erdboden verschluckt. Ich fuhr geradeaus durch die endlosen Rapsfelder. Die Sonne brannte heiß. Langsam bekam ich echte Panik. So ein Mist. Mein Mann hat einen Herzfehler und soll sich nicht aufregen.

Ein paar Kilometern weiter fragte ich ein älteres Ehepaar nach unserem Campingplatz Südstrand. Die beiden erklärten mir, ich müsse auf die andere Seite der Insel fahren. Na toll. Da ich für Städte, Dörfer und so weiter null Interesse habe, rächte sich das. Und weil mein Mann sein Handy nicht dabeihatte, konnte ich ihn nicht einmal anrufen.

Auf einmal fiel mir wieder Meschendorf ein. Ich fragte den nächsten Radfahrer nach diesem Ort. Erst nach Vitzdorf, und dann einen Kilometer weiter nach Meschendorf, war die Auskunft. Also fuhr ich weiter in diese Richtung. Immer wieder Raps, rechts und links, soweit das Auge blickt. Auf der Straße lag ein toter Raubvogel. Hallo? An dem war ich doch schon mal vorbeigekommen! So etwas kann ich mir bombensicher behalten. Aber ich drehte noch einige Ehrenrunden, bis ich endlich Vitzdorf erreichte.

Auf einmal klingelte mein Handy. Es war mein Mann, der schon am Wohnwagen war. Ich sagte ihm, er brauche sich keine Sorgen zu machen, ich hätte jetzt nur noch einen Kilometer von Vitzdorf nach Meschendorf. Im zweiten Ort rief ich ihn wieder an. Ich war auf einem ganz anderen Weg nach Meschendorf gelangt und fand aus diesem Kaff nicht mehr heraus.

Mein Mann erklärte mit Engelsgeduld, wie ich auf die Hauptstraße kommen kann. Er war zwölf Kilometer gejoggt, und ich über vierzig Kilometer durch Raps gedüst.

Wir fuhren den Weg am nächsten Tag nochmals ab. Aber die Straße, auf der ich zurückgefunden hatte, fanden wir nicht mehr …

Ein ungeplanter Mittwoch

Mittwoch, der siebzehnte September. Endlich habe ich mal einen Tag zum Saubermachen gefunden. Das ist auch dringend nötig.

06:30 Uhr: Der Wecker klingelt. Ich komme einigermaßen gut aus dem Bett. Waschen, anziehen, mit meinem Sohn frühstücken. Tschüss und viel Spaß bei der Arbeit. Auf meinem Platz am Esstisch liegen drei von mir ungelesene Ausgaben der Offenbach Post. Das heißt: Schnell durchsehen und dann entsorgen. Ab in die Altpapiertonne.

Heute muss ich unbedingt Vorhänge waschen. Die sind rabenschwarz. Außerdem putzen, bügeln, und so weiter. Das geht aber nicht so nach Plan. Ich habe vergessen, dass ich gestern Hackfleisch im Angebot gekauft habe. Ich muss also Hackfleisch anbraten. Vielleicht Chili con Carne machen? Da liegen ja auch noch die riesengroßen Zucchini aus dem Garten. Also schälen, auskernen, in feine Würfel schneiden und alles in den Topf. Für mich mache ich schnell noch veganes Mett; die Petersilie vom gestern muss ja auch noch verarbeitet werden.

Ich gehe runter in den Keller und lege die Wäsche zusammen. Da fällt mir wieder ein, dass ich die Vorhänge waschen muss. Nach dem zweiten Korb Wäsche will ich im ersten Stock den Schlafzimmervorhang abmachen. Die Vorhangstange hat mein Mann aber festgeschraubt, den Vorhang kann man nicht einfach so rausziehen. Ich stelle mich auf den Klapphocker, denn bis an die Decke reichen meine Arme nicht. Ich nehme den Kreuzschlitzschraubenzieher in die Hand und öffne drei Schrauben. Dann mache ich den Vorhang ab und stopfe ihn gleich in die Waschmaschine.

Prima, jetzt kann ich die Wäsche bügeln. Ich brauche nur Leitungswasser ins Bügeleisen zu geben. Als ich den Hahn aufdrehe, kommt dunkelbraune Brühe heraus. Ich denke so bei mir: „Wenn ich dieses Wasser in das Bügeleisen gebe, dann geht das nur einmal. Danach ist das Eisen futsch." Ich rufe meinen Mann an und bitte um Ratschläge. Der meint, ich soll das Wasser laufen lassen, bis es hell wird. Aber als sich nach einer Minute noch immer nichts tut, gebe ich auf. Ich hoffe, dass die Vorhänge nicht schmutziger werden als sie vorher waren.

Ich beschließe den Keller zu saugen und hole den neuen Staubsauger. Der verpasst mir einen Kinnhaken, direkt auf die untere Zahnspange. Als der Schmerz nachlässt, denke ich: „Kein Wunder, so blöd wie der geparkt ist." Ich stecke den Stecker in die Steckdose. Kaum zu glauben, da ist ja nur ein Ein-Meter Fünfzig-Kabel dran. Aber man weiß sich ja zu helfen. Mit den Dreier-Verlängerungen klappt das Staubsaugen einigermaßen.

Jetzt putze ich noch schnell die Küche, den Flur, das Esszimmer und das WC. Während der Boden trocknet, setze ich mich kurz an den PC und schreibe den ganzen Kram auf. Dann kommt das Badezimmer oben an die Reihe, natürlich der obere Flur gleich mit, und da wäre auch noch...

Die verschwundenen Schuhe

Ich fahre um acht Uhr morgens nach Langen. Unsere Gruppe muss noch zweimal an den Herbst- und Sommercollagen arbeiten. So gegen 11:30 Uhr bin ich wieder zu Hause.

Mein Mann mäht an seinem vorletzten Urlaubstag den Rasen hinter dem Haus. Das letzte Mal in diesem Jahr. Ich gehe in die Küche und koche Kürbissuppe mit gebratenen Blutwurstscheiben. Mein Mann zieht seine neuen Schuhe vor der Haustür aus, stellt sie auf die Terrasse und kommt ins Haus. Nach zwei Minuten will er die guten Stücke hereinholen, aber die sind weg!

Er erzählt mir, dass da so ein junger Mann mit Pudelmütze Zeitungsprospekte ausgetragen habe. Der hätte aber auf der anderen Seite der Haustür gestanden. Ich sage: „Nichts wie hinterher!" Doch er sieht lieber nach, ob er die Schuhe vielleicht doch woanders ausgezogen hat.

Wir haben eine Videoüberwachung. Also schlage ich vor, nachzuschauen. Und siehe da, nach langem Vorspulen sehen wir, wie der junge Mann die Schuhe erst hinstellt, und dann in seinem Rucksack verschwinden lässt. Mein Mann macht sich auf die Socken, fragt die Nachbarn, ob sie Werbematerial eingeworfen bekommen haben. Ein Nachbar hat den Prospektausträger in Richtung B3 verschwinden sehen. Ich will zur Polizei gehen und Anzeige erstatten. Das stößt bei meinem Mann auf taube Ohren. „Das geht wohl nur, wenn ein Lampenpfosten auf der Arbeit beschädigt ist.", denke ich im Stillen. Unser Nachbar arbeitet bei der Polizei, also rufe ich seine Frau an und bitte um Rat. Sie meint, ich sollte wenigstens bei der Polizei anrufen und in der nächsten Woche vorbeigehen, wenn ich mehr Zeit habe. Denn am Wochenende machen wir einen Chorausflug mit der Gemeinde.

Am Dienstag kann ich mir endlich eine Stunde Zeit für den Gang zur Polizei abzwacken. Mein Mann bleibt im Auto, ihm ist das zu blöd. Ich mache eine Anzeige, aber der Polizist sagt mir, dass mein Mann trotzdem noch zum Unterschreiben vorbeikommen müsse.

Am nächsten Tag ruft die Polizei bei uns an und bestellt meinen Mann auf das Revier. An der Anmeldung sagt er, dass er nur zum Unterschreiben käme, weil das Protokoll ja schon fertig sei. Der Polizist auf der Wache schaut mich an und grinst über beide Ohren. Er meint: „Ich kann mir nicht vorstellen, dass jemand Schuhe klaut. Außer vielleicht bei einem Schuhfetischisten." Im Stillen denke ich: „Die waren fast neu und sehr teuer. Wir nähern uns schlechten Zeiten, wer weiß, was da noch alles auf uns zukommt!"

Beim Auto angekommen, meint mein Mann: „Das Gesicht von dem Polizisten habe ich schon mal gesehen." Aber wie so oft, sieht man sich zweimal im Leben?

Dann erinnerte er sich – und ich mich auch: Vor zwei Jahren wurde am Arbeitsplatz meines Mannes eine Anzeige erstattet, weil eine bestimmte Dame in einem weißen Auto den kleinen Lampenpfosten auf dem Firmenhof umgebügelt hatte. Zu meiner Verteidigung muss ich sagen, dass ich ihn nur etwas schräg angefahren hatte. Zu der Zeit war vor dem Bürogebäude eine große Baustelle und aus der Erde schauten lauter verrostete Eisenstangen. Mein weißes Auto wusste sich nicht mehr zu helfen und piepste wie bekloppt. Ich fuhr fünfzig Zentimeter nach vorne, da ging es auch schon los. Dann fünfzig Zentimeter zurück, das Gleiche in Grün. Der Ärger mit dem Lampenpfosten war bekannt, und sie waren in diesem Jahr schon zum siebten Mal umgefahren worden. Jedes Mal waren die Fahrer geflüchtet, ohne sich um den Schaden zu kümmern. Nur das eine Mal ging es schief - ich bekam eine Anzeige Die Polizei hat uns wegen dieser Bagatelle sogar zuhause aufgesucht. Zu meinem Glück wurde die Anzeige nach drei Tagen zurückgezogen. Sonst hätte ich meinen Führerschein für einige Zeit eingebüßt.

Nachtrag: So klein ist die Welt! Am Freitag, den 21. November, klingelte um 10:00 Uhr das Telefon. Auf dem Display erscheint „anonym", das hatte ich noch nie gesehen. Ich nehme ab. Es meldet sich die Polizei aus Dreieich. „Ist Ihr Mann zu sprechen?" „Nein, der ist auf der Arbeit." „Es geht um die Anzeige wegen der Schuhe. Ist es Ihnen möglich, am Donnerstag zwischen 10:00 und 12:00 Uhr auf einen Prospektausträger zu achten? Wenn es der Gleiche ist, drücken Sie die 110 und rufen bei der Polizei an. Wenn möglich, folgen Sie ihm mit dem Handy.

Ich versuche, eine Streife in die Nähe zu bekommen." Und dann fragt er mich noch, ob mein Mann vor Jahren mit einem gewissen Norbert Fußball gespielt hätte? Das wäre nämlich ein Kollege von ihm.

Und damit waren die lückenhaften Erinnerungen meines Mannes auch noch geklärt.

Der total unerwartete Nachwuchs

Es war drückend heiß vor drei Jahren im August, man konnte die Luft förmlich flimmern sehen.

Die Mitarbeiter der Firma machten gerade ihre wohlverdiente Mittagspause, bei Sonnenschein vorzugsweise auf den Bänken des Betriebsgeländes draußen im Hof. Plötzlich verdunkelte sich der Himmel etwas, und ein mächtiges Rauschen ging durch die Luft. Ein Pfau landete genau vor ihrem Tisch. Das Personal war hin und weg von seinem farbenprächtigen Federkleid, das in allen nur erdenklichen Regenbogenfarben leuchtete. Die Leute bestaunten den Vogel während ihrer Pausen.

Der Pfau machte viel Lärm auf dem Dach der Firma. Er spazierte einsam auf dem Betriebshof herum. Rief und lockte ununterbrochen. Und als das nicht mehr anzuhören und anzusehen war, hatten sie Mitleid mit dem einsamen Vogel. Sie wollten bei der nächsten Gelegenheit den Chef darauf ansprechen. Der Betriebsrat übernahm dies freiwillig.

Und siehe da, der Chef zeigte Herz. Nach vielen Telefonaten mit Vogelzuchtvereinen und Vogelwelten, wie dem Vivarium in Darmstadt, dem Frankfurter Zoo, dem Opel Zoo und sogar mit Zoologischen Gärten in Afrika und Kenia, fand man schließlich in South Carolina eine Pfauendame für den einsamen Herrn. Die Dame wurde extra aus den Vereinigten Staaten eingeflogen und auf dem Betriebshof freigelassen. Man ließ den beiden Zeit, sich kennenzulernen.

Aber die Dame wollte partout nichts von dem herrlichen Vogelmann wissen. Der schöne Pfau schlug ein Rad nach dem anderen, balzte und warb mit seinem prächtigen Gefieder. Vergeblich.

Nach einem halben Jahr verweigerte er jegliches Futter und ließ den Kopf traurig hängen. Der Firmenchef und seine Mitarbeiter waren sogar bereit, eine andere Dame für ihn zu besorgen.

Doch das Wunder geschah! Ein Jahr später kam die Dame seines Herzens in der Mittagspause mit drei süßen Küken daher, ganz die stolze Pfauenmama …

Gugelhupf

Am 18. November waren wir, die Kinder, Schwiegertöchter und Enkel vom Großvater zum Gansessen im Gasthof Gugelhupf eingeladen.

Wie so oft in der Vorweihnachtszeit, war mein Sohn nicht dabei, weil er im Landhotel Johanneshof beruflich acht Gänse tranchieren musste.

Wir wählten das Essen aus. Mein Schwager wollte wieder Schnecken als Vorspeise. Und als er erfuhr, dass es keine gab, ließ er den dicken Max raus, wie immer. Ich dachte: „Kann denn keiner dem jungen Mann mal sagen, dass Schnecken nichts mit Weihnachtszeit zu tun haben?"

Da ich das schlechte Benehmen meines Schwagers kenne und ich die fleißige Chefin vom Gugelhupf sehr achte und respektiere, ging ich zu ihr und entschuldigte mich für das schlechte Betragen meines Schwagers.

Nach dem Essen schenkte ihr ein kleines Büchlein von mir und bedankte mich, dass sie unseren Sohn beruflich unterstützt hat. Sie war völlig überrascht und bedankte sich. Sie meinte, sowas täte richtig gut. Die meisten Eltern von Azubis würden eher mit Beschwerden kommen.

Als ich zur Toilette ging, entschuldigte ich mich auch bei dem Kellner für die Allüren meines Schwagers. Der sah das zum Glück ganz locker.

Da fiel mir Anke ein. Meine Ersatzmutter, die auf der Insel Baltrum gerade die Gästezimmer ihres Hotels renovierte. Ich hatte plötzlich ein gutes Gefühl. Sie hätte mein Verhalten bestimmt für richtig und gut empfunden.

Oma und die Enkelin

Wie jedes Jahr zur Urlaubszeit werden Haustiere oft als lästiges Übel empfunden. Sie werden einfach ausgesetzt und landen dann im Abfallkübel.

„Jedes Tier hat eine Seele und fühlt genau wie wir den Schmerz. Es wimmert kläglich und ganz leise bis Friede einkehrt in sein kleines Herz. Aber wie grausam können Menschen sein, um solche Taten zu begehen? Sie denken nur an sich. Ich kann das einfach nicht verstehen!

(Autor unbekannt. Die Worte hat Oma im Radio gehört, und dann mit ihrer Enkelin aufgeschrieben).

Als ich am Dienstag in der letzte Woche zu meinen Eltern fuhr, lief ein Hund mit Blindengeschirr am Rand der Gegenfahrbahn entlang. Ich konnte leider nicht anhalten, aber die Frage quälte mich: Wer setzt denn bitte einen Blindenhund aus? Oder wollte der Hund gar Hilfe für sein Herrchen holen?

Diese Woche war ich Kindersitter für meinen vierjährigen Neffen. Wir haben uns hauptsächlich mit seinen Spielautos befasst: Tanken, Rennen, Unfall, Stau, eben das volle Programm. Dann erzählte er mir, dass er auf dem Weg eine Weinbergschnecke gesehen hat. Seine Mutter hatte sie ins Gebüsch gesetzt, damit sie nicht totgefahren wird. Nachdem wir einen Schmetterling fotografiert hatten, sahen wir noch mal nach der Schnecke. Die saß schon wieder auf dem Gehweg. Nun bekam ich den Auftrag, sie auf die andere Seite des Zauns zu legen. Gesagt, getan. Als ich wieder nach Hause fuhr, schaute ich noch mal nach ihr. Dieses Mal hatte sie es vorgezogen, im Gebüsch zu bleiben.

Im Stillen dachte ich bei mir: „Wenn man Kinder von Anfang an mit Liebe zu Tier und Natur groß werden lässt, dann dürfte so etwas wie der Urlaubshorror für Tiere eigentlich nicht mehr vorkommen."

Ausflug zur Käsmühle

Ich buchte mit meiner Kollegin Ellen aus der Fotografieber-Gruppe einen Makro-Fotokurs in Offenbach. In der Käsmühle.

Ellen holte mich um 16:15 Uhr, wie besprochen ab, dann fuhren wir mit unserem Gepäck zum Egelsbacher Bahnhof. Wir kauften uns Einzelfahrscheine nach Frankfurt für stolze 4,35 Euro pro Person. Eine Viertelstunde Wartezeit bis der Zug kam. Nur einmal umsteigen mit der S2 bis zum Bahnhof Offenbach-Ost, von dort mit dem Bus bis zur Haltestelle Neuer Friedhof. So war der Plan.

Aber wir landeten erst einmal auf der falschen Haltestellenseite vom Bus. Wir fragten mehrere Personen nach unserem Bus. Ohne Erfolg. Die einen sprachen nur Englisch und die anderen kannten sich überhaupt nicht aus. Ein junger Mann gab sich viel Mühe, hatte aber leider auch keine Ahnung. Wir beschlossen, die Straße an der Ampel zu überqueren. Bingo! Auf der anderen Seite stand unser 120er-Bus angeschlagen. Eine nette Frau riet uns, einen anderen Bus zu nehmen. Den mit der Nr.103, weil dieser näher an unserem Ziel halten würde. Der Bus fuhr uns aber vor der Nase weg und es war schon 17:55 Uhr und unser Treffpunkt war um 18:00 Uhr an der Käsmühle. Kurz entschlossen nahmen wir ein Taxi.

Auf der Fahrt stellten wir fest, dass wir auf dem Rückweg mindestens zwanzig Minuten im Dunkeln durch den Wald zurücklegen müssen. Wir baten den netten Taxifahrer um seine Telefonnummer und machten einen Festpreis für die Heimfahrt aus. So gegen 18:07 Uhr waren wir dann endlich in der Käsmühle. Ich fragte die Kellnerin, wo die Fotogruppe sei.

Im zweiten Raum, hinten links, war die Antwort. Wir fanden den Raum und sagten Guten Abend. Peter, der Gruppenleiter, bat uns, sich neben ihn zu setzen und ihm zuzuhören. In dem Raum war ein Lärm, wie in einer Kneipe. Peter erzählte uns was von Galgen, Linsen und Makroobjektiven, und dass er alles dabeihabe. Gerne dürften wir das Equipment ausleihen.

Nach einer Stunde gingen wir mit seiner Kollegin Anouschka nach draußen zum Fotografieren. Sie nahm sich für jeden viel Zeit und beantwortete auch alle Fragen. Nach zwei Stunden wurde es merklich kühler, wir packten unsere Siebensachen und gingen wieder hinein. Dann bestellten wir uns etwas zu Essen und zu Trinken.

Anouschka lud ein paar Fotos von der Gruppe auf ihr Computer-Tablet, und nach dem Essen sahen wir sie uns an. Ellen zeigte Peter das tolle Foto von ihrer Wurzel und holte sich ein paar Tipps zum Fotografieren. Dann rief sie den Taxifahrer an. Nach etwa zehn Minuten gingen wir nach draußen; er war schon da und brachte uns sicher nach Hause.

Von Manfred, einem Gruppenmitglied, hatte ich noch den Tipp bekommen, zugunsten der Schärfe etwas mehr abzublenden. Nach einigen Versuchen kam ich zu dem Schluss, wenn man ausreichend Licht hat, kann man mit Blende vier bis acht recht gute Ergebnisse erzielen und braucht auch kein Stativ. Für mich gilt immer noch, ohne Stativ bin ich beweglicher. Notfalls lege ich mich auf den Boden und stütze die Ellenbogen ab. Eine Rettungsdecke vom alten Verbandskasten ist die ideale Unterlage und sollte in keinem Fotorucksack fehlen.

Dass man bei Wind oder Dunkelheit kein Makro benutzen sollte, war ebenfalls lehrreich für mich. Am nächsten Tag kaufte ich bei der Fotobörse in Darmstadt noch einen Satz Nahlinsen. So war ich gut ausgerüstet.

Heute Nacht werden Träume wahr

Das kleinste Kinderzimmer ist inzwischen mein Arbeitszimmer. Vollgestopft bis unter die Decke. In zwanzig Jahren sammelt sich so einiges an, wenn man Sammler aus Leidenschaft ist – so wie ich. Meine Ersatzmutter hatte mich gelehrt, dass man allem noch eine Chance geben muss, bevor man es wegschmeißt.

Ich wollte eigentlich in das größere Kinderzimmer im zweiten Stock umziehen, aber mein jüngster Sohn wünschte sich mit zunehmendem Alter die ganze zweite Etage für sich selbst. Also beschlossen wir am 20. Dezember, dass ein Umzug nach oben für mich nicht mehr infrage kommt.

Dies hat zur Folge, dass wir mein Arbeitszimmer renovieren müssen. Leicht gesagt, aber bei den vielen Büchern, Kästen mit Fotopapier und anderen gesammelten Werken ist dies eine Mammutaufgabe.

Wir starteten am zweiten Weihnachtsfeiertag. Ich packte fünf Umzugskartons mit Büchern. Als die Geschäfte wieder öffneten, beschlossen wir, bei Lidl noch vier weitere Kartons zu kaufen. Vorsichtshalber nahm ich gleich sechs Stück.

Zu Hause fange ich an, den Kleinkram in die Kisten zu packen. Was soll ich sagen, selbst die zusätzlichen sechs Kartons reichen bei Weitem nicht. Mein Mann stellt sie ins Schlafzimmer zu den anderen Fünf. Alle rund ums Bett. Das hat zur Folge, dass wir nicht mehr an unser Bett kommen. In der Nacht zum ersten Januar arbeite ich - wie immer - im Schlaf weiter, da kommen mir die besten Ideen.

Beim Frühstück verkünde ich: „Nach dem Frühstück ziehe ich die Betten ab und beziehe sie frisch. Dann sauge ich unterm Bett, und dann legen wir die Bücherkisten drunter." Gesagt, getan – mein Mann setzt meine Ideen zum Glück immer zeitnah um.

Später schieben wir auch noch den Schreibtisch mit dem PC und den drei Druckern ins Schlafzimmer. Testweise starte ich den PC und danach die Drucker. Alles funktioniert einwandfrei.

Mein altes Büro ist jetzt leer. Mein Mann legt gleich los, schraubt die Fußleisten ab und zieht die Tapete von den Wänden. Unser jüngster Sohn kommt von seiner beruflichen Silvesterfeier nachhause und fängt nach dem Mittagessen sofort an, sein Zimmer auszumisten. Schreie von oben, als er in Glasscherben unter seinem Bett tritt. Zum Glück ist nichts weiter passiert. Man habe ja Hornhaut an den Füßen, sagt er mir.

Wir schlafen in einem Meer aus Büchern.

Nach sechs Wochen ist mein Sonnenhimmel fertig – eine orangefarbene Decke mit siebzehn LEDs. Wir räumen alles wieder ein. Dann kaufen wir bei IKEA ein Schreibtischgestell, auf das unser altes Bettoberteil passt. Eine ungewöhnliche Kombination, aber es ist genau das, was ich mir vorgestellt habe. Noch mal zwei Wochen später kommt das bestellte Regal. Bei Mann Mobilia suchen wir uns noch einen Rollcontainer aus. Und da sehen wir auch einen roten Drehhocker! Der könnte fantastisch hinter meinen neuen Schreibtisch passen. Aber ich kämpfe noch mit meiner Grippe und habe weder Lust noch Laune, um einzukaufen.

In der folgenden Nacht träume ich, wir würden uns von OBI ein Rollbrett für einundzwanzig Euro holen, und dann den alten Kinderschrank zersägen. Vier riesengroße Kinderschrankschubladen auf einem Rollbrett montiert werden zu einem riesigen Rollcontainer! Als ich meinem Mann von meiner Idee erzähle, ist er - wie immer im ersten Moment - nicht so begeistert. Aber da er meine kreativen Ideen meist doch schnell und problemlos umsetzt, bin ich mal gespannt, was dieses Mal dabei herauskommt.

Die Zähne

Die erste Zahnspange

Wie die meisten Kinder, sollte ich mit zehn Jahren eine Zahnspange bekommen. Dazu hatte mich der Schularzt verdonnert. Nach langwierigem Ausmessen und einigem Hin und Her bekam ich dann so ein gutes Stück.

Mich ekelte es fürchterlich, wenn das Ding in meinen Mund musste, abends nach dem Zähneputzen. Mein kleiner Bruder hatte Mitleid mit mir und versenkte das Monster nach einem halben Jahr in der Toilette. Die lieben Eltern wollten mir sogleich eine neue Spange spendieren. Ein finanzieller Kraftakt in diesen Zeiten! Aber dieses Angebot konnte und wollte ich auf keinen Fall annehmen. Diese Tortur wollte ich nicht noch einmal über mich ergehen lassen. Mir glaubt bis heute keiner, dass ich nicht am Verschwinden der Spange beteiligt war. Aber meinem kleinen Bruder bin ich bis heute noch dankbar, dass er mich erlöst hat.

Als ich mir mit zweiundfünfzig Jahren den Kiefer nach einem schlimmen Sturz untersuchen lassen musste, stellte man fest, dass sich eine schlimme Arthrose gebildet hatte. Der nächste Anlauf zu einer Zahnspange war fällig. Nach drei Jahren Zahnspangentragen hat sich diese Arthrose zum Glück zurückgebildet. Aber ich muss lebenslänglich einen Draht hinter den Zähnen und jede Nacht eine Schiene tragen. Von der täglichen, speziellen Zahnreinigung ganz zu schweigen.

Das habe ich meiner Mutter erzählt. Und dass meine damalige Abwehr auch etwas Gutes gehabt hat: Ich habe mir die aufwändige Reinigung, den Draht und die Schiene über vierzig Jahre lang ersparen können!

Und wieder mal die Zähne

Wir waren gerade auf unserem Campingplatz angekommen und hatten uns noch vor der Mittagsruhe einen guten Platz aussuchen können.

Wir gingen kurz ans Meer, da kam uns auch schon Michele entgegen. Michele ist der Sohn des Campingplatz-Eigentümers. Wir begrüßten uns, und wir erfuhren, dass meine Eltern morgen und meine Schwester am Dienstag ankommen würden.

Wir richteten uns häuslich ein, begrüßten die Familienmitglieder unserer italienischen Urlaubsfamilie und lebten zwei Tage ohne Stress und Zwang. Morgens fuhr ich um fünf Uhr mit dem Rad zum Strand und genoss den Sonnenaufgang und das Meer. Natürlich machte ich mit meiner Kamera unzählige Aufnahmen.

Als ich in der zweiten Nacht wieder einmal auf die Toilette musste, wollte ich dazu das Fahrrad meines Mannes nehmen. Aber ich hatte es nicht gefragt, also wollte es mich nicht. Es wehrte sich und hat uns fast umgeschmissen. Ich konnte uns gerade noch so abfangen, aber mein rechter Fuß machte Bekanntschaft mit den Eisenzacken der Pedale.

Trotzdem fuhr ich auf diesem Fahrrad zur Toilette. Beim Händewaschen brannte mein Fuß auf einmal fürchterlich. Ich stellte fest, dass jede Menge Blut aus dem Badeschlappen quoll. Viel kaltes Wasser und viel Toilettenpapier beseitigte das Gröbste, und ich fuhr wieder zum Wohnwagen zurück. Dies war der einzige Morgen, an dem ich nicht die Sonne am Meer begrüßt hatte.

Meine Eltern kamen am Montag an. Mama sagte, sie hätte gelesen, dass morgen „Venedig bei Nacht" anstünde. Das hatte ich mir schon immer mal ansehen wollen. Sie erzählte, dass sie dazu keine Lust mehr habe, weil Papa sie das letzte Mal auf die vielen Ratten in den engen Gassen aufmerksam gemacht hatte. Aber wir könnten ja, wenn wir wollten, hingehen. Ich dachte bei mir: „Eigentlich habe ich vor Ratten keine Angst, aber mit einer offenen Wunde und ohne Tetanusspritze, wäre das doch bodenloser Leichtsinn."

Am nächsten Tag freuten wir uns auf die erste Pizza in Bella Italia. Wir wollten mit meinen Eltern Essen gehen. Wir ließen es uns schmecken. Da sagte Mama auf einmal, auf ihrer Pizza wäre eine Kakerlake, sie würde das auf keinen Fall essen. Sie nahm das Teil in die Hand und zog es auseinander. Der Wirt wurde herbeigerufen. Dieser brachte das Ding in die Küche. Nach fünf Minuten war er wieder zurück. Der Pizzakoch hatte ihm noch so ein Stück mitgegeben und gesagt, das wäre verbrannter Käse. Meine Mama könne beruhigt weiteressen. Ihr war natürlich der Appetit vergangen. Uns eigentlich auch, aber wir aßen trotzdem weiter. Allerdings waren wir froh, als das Essen endlich beendet war.

Nach diesem Tag hatten wir keine große Lust mehr, essen zu gehen. Wir kochten frisches Gemüse, jede Familie für sich, vor dem eigenen Wohnwagen. Dann bekamen meine Eltern Besuch aus Berlin.

Als ich morgens zum Strand ging, kam mir die Berlinerin entgegen und sagte, meine Schwester wäre soeben angekommen. Ich sollte mir aber nichts anmerken lassen, weil das eine Überraschung sei. Als ich meine Mutter darauf ansprach, meinte sie, diese Frau würde meine Schwester kaum kennen und hätte da wohl etwas verwechselt. Dabei drehte sie mir den Rücken zu und grinste in sich hinein.

Die Berliner hatten zwei Körbchen Pfifferlinge mitgebracht. Meine Mama hatte sie bei ihnen bestellt und lud uns für den nächsten Tag zum Essen ein. Sie hatte die Pfifferlinge mehrmals abgewaschen und anschließend wieder getrocknet; es war eine undankbare Fummelei gewesen. Papa hatte von der Frau aus Berlin ein Rezept bekommen und das erste Mal in seinem Leben für uns gekocht. Wir waren platt!

Mama hatte dazu Nudeln gekocht. Ich brachte noch geröstete Kartoffelscheiben mit, weil ich nicht so viele Kohlehydrate essen darf. Aber die waren leider nicht ganz durchgebraten, da wir ja vorher unbedingt noch mal zum Meer mussten. Wenn wir schon mal da waren! Die Zeit war einfach zu knapp. Wir ließen es uns schmecken und bedauerten, dass meine Schwester nicht da war. Pfifferlinge sind ihr absolutes Lieblingsgericht.

Nach der ersten Runde ließen wir uns noch einen Nachschlag geben. Ein vorzügliches Essen Ich zerdrückte die Pfifferlinge vorsichtig mit dem Gaumen, damit meine Geschmacksnerven sich voll entfalten konnten. Auf einmal war da ein Stechen in meinem Mund, als hätte ich eine Glasscherbe zerdrückt. Ich versuchte mir nichts anmerken zu lassen und entfernte das Glasstückchen mit einem Stück Küchenpapier aus meinem Mund.

Am nächsten Morgen fotografierte ich am Meer den Sonnenaufgang, jagte Möwen und fotografierte sie anschließend im Flug. Was gar nicht so einfach ist ohne Hilfe. Ich sauste in meinen uralten Jeansshorts, die ich schon seit vierunddreißig Jahren liebe und trage, mit offenen langen Haaren über den Strand. Meine Nichte Jenny hätte mir die Arbeit mit dem Aufscheuchen der Möwen bestimmt gerne abgenommen, wenn sie denn hier gewesen wäre. Aber so musste ich alleine mit meiner Kamera im Anschlag den Möwen hinterherrennen, bis sie sich in die Lüfte schwangen. Dann erst knipste ich los. Wenn mich jemand gesehen hätte, dem wäre das wohl sonderbar vorgekommen. Vielleicht sollte ich auch mit einundfünfzig Jahren solche Sachen unterlassen. Egal, es machte Spaß, und man lebt nur einmal.

In der Zwischenzeit hatte Michele auf mein Fahrrad aufgepasst. Da kam mir die Idee, Michele mit einem Kalender zu belohnen. Also fragte ich am nächsten Morgen seinen Bruder Mattias nach den Geburtstagen unserer italienischen Urlaubsfamilie. Ich schrieb alles auf, es sollte eine Überraschung werden. Aber da hatte ich mich wohl bei einem Datum verhauen. Nach meinen Notizen waren die Brüder nur ein halbes Jahr auseinander. Das geht wohl gar nicht! Ich fragte meine Eltern, mehr aus Jux, ob der eine Sohn vielleicht adoptiert wäre, Geschwister könnten doch kaum ein halbes Jahr auseinander sein. Meine Mutter meinte, da wäre meine Fantasie wohl wieder einmal mit mir durchgegangen. Was ich mir da wieder zusammengereimt hätte? Sie würde die Familie schon so lange kennen, da hätte ich wohl was falsch verstanden.

Meine Schwester konnte nicht nachkommen, weil die Kinder zur Schule mussten. Also wurden wir nochmals zum Pfifferlingsessen eingeladen. Dieses Mal fingen wir früher mit den Kartoffelscheiben an, und sie waren durch, kross und echt lecker. Aber wir haben die Pfifferlinge zuerst gegessen, damit der einmalige Geschmack nicht verloren ging.

Auf einmal fing mein Vater an, mich zu attackieren, Er meinte, wenn ich denn so von Michele schwärmen würde, warum ich ihn dann nicht geheiratet hätte. Mein Mann könne ihm nur leidtun. Der saß daneben und wusste nicht, wie ihm geschah.

Um abzulenken, erwähnte ich das mit der Glasscherbe in den Pfifferlingen. Und dass uns am Abend zuvor der Appetit vergangen wäre. Das war zu viel. Meine Mama ging wie eine Rakete hoch und sagte, sie hätte diese blöden Pfifferlinge stundenlang geputzt und da könne absolut nichts drin gewesen sein. Und bei meinen faulen Zähnen wäre das ja auch kein Wunder, dass da mal etwas abbrechen würde. Ich wäre selbst schuld, weil ich als Kind nur Süßigkeiten gegessen hätte. Sie tobte weiter und sagte, für uns würde sie im ganzen Leben nichts mehr kochen. Das wäre jetzt endgültig erledigt!

Damit war mir auch die Lust auf den Kalender für unsere Urlaubsfamilie vergangen. Ich hatte kein einziges Bild von unserer Urlaubsfamilie gemacht. Ohne Fotos müssen sie eben noch ein Jahr warten.

Außerdem musste ich meinen Mann beruhigen und mich bei meiner Mutter entschuldigen. Was tut man nicht alles um des lieben Friedens willen. Ich war mir zwar absolut keiner Schuld bewusst, aber ich war wieder einmal in das berühmte Fettnäpfchen getreten. Wie schon so oft. Ich bin wohl das schwarze Schaf in der Familie.

Fischbeerdigung vorm Zahnarztbesuch

Ich bin unangemeldet bei meiner Kieferorthopädin aufgetaucht, weil ich schon seit vier Tagen so ein unangenehmes Drahtgefühl von der Zahnspange im Mund verspüre. Erste Hilfe morgens um acht Uhr. Was will man mehr? Ich bekomme auch noch einen Termin für morgen früh.

Ich gehe in das Behandlungszimmer mit der Nr. 1 an der Tür. Die nette Zahnarztassistentin Maria sagt mir, dass ich schon mal auf dem Stuhl Platz nehmen soll. Ich schaue ihn mir an und meine, dass ich aber schon groß sei. Da lacht sie mich an und sagt, dass sie ihn gleich runterfahren würde.

Als ich da so auf dem Stuhl liege, fällt mir auf, dass mir ein schalkhaftes Grinsen übers Gesicht huscht. Ich bin zwar schon groß, aber viel schlimmer als die jungen Patienten. Ich mache wesentlich mehr kaputt. Ich beiße Zahnbrackets durch, knacke Knochen und ruiniere Spangendrähte.

Die freundliche Maria knipst einen Draht mit der Zange durch und entfernt das Bracket, das mir um den Zahn tanzt. Es hat wieder mal nur zwei Tage gehalten; langsam wird es peinlich. Meine Gedanken driften ab. Ich komme mir vor, wie früher auf einem Kindergeburtstag. Die Tasse mit Kakao habe ich auch jedes Mal umgestoßen. Bis mich niemand mehr einladen wollte.

Es ist jetzt halb Neun und ich fahre in die „Haltestelle". Ich habe ja noch meinen Collagen-Kurs zu geben. In der Mittagszeit trifft sich unsere Clique „Das Schummelquartett" zum Mittagessen im Gasthof Treppchen. Vorsichtshalber bestelle ich vegetarisch, die Spange soll schließlich bis morgen früh halten.

Ich fahre heim und arbeite die Collagen aus. Dann koche ich, hole die Post, mache noch schnell ein paar Aufnahmen vom Gemüse und von den Sommerblumen. Danach Putzen, Anrufe und E-Mails abarbeiten, und so weiter. Und schon kommen auch meine Männer nachhause.

Der Abend verläuft einigermaßen stressfrei. Ich besuche den Schwiegervater im Krankenhaus, verbessere das Referat meines Sohnes, dann Essen und Duschen, Zähne putzen und ausnahmsweise mal um neun Uhr ins Bett. Augen zu und weg …

Jonas kommt gegen zehn Uhr ins Schlafzimmer, weckt mich und sagt, dass es Ruby, dem großen Fisch im Aquarium nicht gut geht. Er hat rote Kiemen und atmet ganz heftig. Schlaftrunken rapple ich mich auf und wir gehen gemeinsam in sein Zimmer. Ich schaue in das Aquarium und wirklich, der Mosaikfadenfisch sieht schlecht aus. Man sieht rote, wie mit Blut unterlaufene Kiemen, und er atmet heftig. „Erste Hilfe", geht mir durch den Kopf. Ich prüfe die Temperatur. Sind drei Grad Celsius zu hoch? Das Wasser teilweise austauschen könnte eine Lösung sein, die wir auch gleich in die Tat umsetzen. Wir prüfen das Wasser mit einem Teststreifen. Es ist in Ordnung. Trotzdem nehmen wir vier Liter Wasser raus und geben vier Liter kaltes Wasser rein. Ruby atmet etwas weniger heftig.

Ich beschließe, meine Schwester anzurufen. Die geht erst mal nicht ans Telefon. Nach fünf Minuten ruft sie zurück. Ich sage: „Schwesterlein, dem großen Fisch geht es nicht gut, was kann ich machen?" Sie antwortet: „Der ist schon acht Jahre alt. Ein Wunder, dass der so lange lebt. Lass ihn in Frieden, vielleicht beruhigt er sich ja wieder."

Wir gehen zu Bett. Nachts stehe ich dreimal auf und schaue nach dem Fisch. An Schlafen ist nicht zu denken. Morgens um sieben Uhr sehe ich wieder nach ihm. Er steht senkrecht im Wasser und ist ganz weiß. An seinem Bauch zappelt etwas, aber das ist nur ein Schneckenfresserfisch. Ruby ist in den letzten drei Stunden gestorben. Während ich schlief. Ich nehme ein kleines Netz und fische ihn heraus. Jonas holt mir Zeitungspapier. Dann begraben wir ihn gemeinsam im Garten, neben Cipsy unserer Wellensittich-Dame. Danach trinken wir Kaffee. Essen mögen wir heute Morgen nichts.

Jonas geht zur Arbeit und ich schwinge mich ins Auto. Ich habe ja um acht Uhr den Termin bei der Kieferorthopädin. Ich gehe ins Wartezimmer und bin nach fünf Minuten auch schon dran.

Es ist oberpeinlich, schon wieder zwei Brackets durchgebissen. Das dritte hat sich gelöst. Also Plan B: Ich bekomme Ringe um die Zähne gelegt. Die passen ohne, aber nicht mit Kleber, also wird ein Gummiring zum Weiten des Zahnzwischenraumes hinzugefügt. Dann klappt es auch mit dem letzten Ring.

Ich habe schon wieder eine Stunde im Behandlungsstuhl verbracht. Das geht jetzt schon in den drei Wochen, die ich die Spange habe, zweimal die Woche so. Ich rufe meine Mutter an, sage ihr, dass es später wird. Und fahre los. Die Fahrt dauert eine Dreiviertelstunde. Später ist immer mehr Verkehr. Kaum bin ich bei meiner Mutter durch die Tür, da fragt sie, wo ich so lange gesteckt hätte. Sie hätte mich schon vor einer Stunde erwartet. Ich habe ja sonst nichts zu tun.

Zum Ende

Der Sinn des Lebens

Meine Eltern haben immer zu mir gehalten. Sind mit mir durch dick und dünn gegangen, wie man so schön sagt. Und ich tue das auch bei meinen Kindern. Gerade bei meinem ältesten Sohn, der zu früh auf die Welt kam, habe ich so einiges erlebt.

Da mein Vater jetzt sehr krank ist, sehe ich die medizinische Hilfe heute mit anderen Augen. Ich kann einiges aus meinen Erfahrungen verwenden. Ich versuche für meine Eltern da zu sein, wo es nur geht. Auch um meine Geschwister zu entlasten. Wäre ich mit drei Jahren an Meningitis gestorben, hätte ich das nicht gekonnt. Möglicherweise ist das der Sinn meines Lebens.

Schon lange versuche ich jeden Tag, an dem ich aufstehen und meine Glieder bewegen kann, als Geschenk zu sehen. Mich an der Schönheit der Natur zu erfreuen, und ihr so wenig wie möglich zu schaden.

„Die Schönheit der Natur liegt zu deinen Füßen, du brauchst nur die Augen zu öffnen. Und Tiere zu lieben und zu beschützen, das gehört für mich auch dazu. Denn: „Tiere lügen nicht." Das sind meine Leitsätze.

Mit neunundvierzig Jahren habe ich das Schreiben von Aphorismen für mich entdeckt. Nur ein Jahr später fing ich mit den Kurzgeschichten an. Dafür, dass ich Legasthenikerin bin und in der Schulzeit unendlich viele Rechtschreibfehler gemacht habe, finde ich, dass ich in den letzten acht Jahren so einiges zu Papier gebracht habe, worauf ich stolz sein darf.

Elfchen

Du
willst gehen
keine Kraft mehr
wir lassen dich los
Ende

Haus
wird leer
tragen Gegenstände raus
neue Wohnung ist fertig
Angekommen

Baum
ist grün
zu neuem Leben
im warmen Frühlingssonnenschein erwacht
Freude

Bach
plätschert leise
in der Stille
es schweigt der Sommertag
Genuss

Frosch
springt davon
lebt im Wasser
quakt für die Kröten
Laichen

Schreiben
tut gut
macht neuen Mut
die Seele wird frei
Dabei

Lesen
lenkt ab
gibt neue Kraft
der Akku wird geladen
Aufgetankt

Tod
ist vorbei
Qual ein Ende
das Leben geht weiter
Heiter

Heimat
keine da
fallen im Flug
nichts mehr wie gestern
Einsam

Urlaub
muss sein
hilft kein Schein
Schmerz wird nun gelindert
Tanken

Handy
im Urlaub
Akku wieder leer
die ganzen E-mails unterschlagen
Entladen

Ela
keine Kraft,
vergebens alles gegeben
nun beginnt neues Leben
Hoffnung

Alles
so gemein
kann ich verzeihen
ich spüre nur Güte
Fee

Angriff
ist beste
Art zu rächen
zeigt man keine Schwächen
Denkste

Schlau
dachten sie
ohne jedes Gefühl
tun ihr unendlich weh
Kuckuckskind

Was
kann man
noch alles machen
ist verdreht wie Teig
Schweigt

Schützt
ihre Kinder
verdorben ist mild
so was von schlecht
Ungerecht

Findling
hat keine
gerechte Chance dabei
ist ihnen allen einerlei
Verloren

Katze
sagt man
hat sieben Leben
vier davon sind schon
Vergeben

Urlaub
verzögert sich
kommt allerlei dazwischen
noch mal Glück gehabt
Lotterie

Hochzeit
Einladungen geschrieben
wird nicht stattfinden
die Braut lief davon
Ausgeladen

Kaufrausch
je eines
außergewöhnlich schöne Stücke
finden Platz im Wohnzimmer
Überladen

Klemmt
so oft
muss repariert werden
unbedingt an diesem Wochenende
Rollladen

Wut
Gewehr geladen
er war wütend
erschießt ihn von hinten
Tod

Liebe
große Liebe
Liebe des Lebens
Liebe und Gefühle sind
Überladen

Schiff
Schiff´s Fracht
Schiff wird geladen
doppelte Fracht wird verladen
Abladen

Spiel
des Lebens
ist nicht vergebens
man lernt viel dazu
Du

Über die Autorin

Gabriela Leonhardt wurde am 25.05.1961 in Offenbach am Main als ältestes Kind einer hessischen Mutter und eines aus Danzig stammenden Vaters geboren. Sie ist seit 1983 verheiratet und hat zwei erwachsene Söhne. Sie fing erst im Alter von 49 Jahren mit dem Schreiben an. Wie bei den meisten Künstlern ließ sie sich nicht unterkriegen und ist ihren steinigen Weg gegangen.

„Es ist nie zu spät, packen wir es an", lautet ihr Motto.

Sie fotografiert leidenschaftlich gern. Einige ihrer Bilder gehen mitten ins Herz.

Weil sie sich ein halbes Leben mit den Buchstaben gequält hatte, behauptet sie jetzt frech: Erst kommt das Fotografieren; das Schreiben ist nur ein „Nebenjob".

Danksagung

Als Legasthenikerin taste ich mich schreibend durch den dunklen Buchstaben-Dschungel. Man kann dies mit einem Musiker vergleichen, der keine Noten kennt.

Ich danke meinen drei Männern dafür, dass sie mich in Ruhe arbeiten lassen.

Großen Dank auch an Tamara, meiner ersten Lektorin. Sie allein hat es geschafft, die fehlenden Buchstaben, Satzzeichen usw. einzusetzen und mit dem einen oder anderen i-Tüpfelchen, sanft wie der Flügelschlag eines Schmetterlings, meinen durchaus ungewöhnlichen Schreibstil nicht zu verbiegen. Allerdings hat sie mir geraten, den Job an den Nagel zu hängen und mich damit ganze vier Jahre lang verunsichert.

Unbeschreiblichen herzlichen Dank meinem zweiten Lektor, Marc Lindor, der sich unendlich viel Zeit für das Buch genommen hat und noch unzählige Fehler korrigieren konnte. Jeder der schon einmal das Vergnügen hatte, ein Buch zu schreiben, weiß dass es gänzlich fehlerfrei einfach nicht gibt.

Dank auch einem bekannten Autoren, der mich zwei Jahre lang mit seinen niederschmetternden Worten, wie „sinnbefreit" und ähnlichen Nettigkeiten ausgebremst, aber auch meinen Willen angestachelt hat.

Das Resultat meiner Geschichten: Wer meinen Dickkopf kennt, der weiß, dass ich, wenn ich die unschönen Worte erst einmal verdaut habe, die Steine im hohen Bogen wegschmeiße und … meinen Weg gehe.

Nachsatz: Erst kam mein Bild mit der Himbeerschnecke, dann die zu den Bildern passenden Aphorismen und viele Jahre später erst die Idee und Verwirklichung dieses Buches.